愛一個人，可以不必讓他知道

朵拉——著

「微」之四維
——朵拉微型小說讀後所悟

曹惠民

在林林總總的文類家族和話語體系中，微型小說似乎是個不起眼的邊緣存在。有人或許漫不經心地對其不屑一顧，認為那就是微不足道、文微言輕，也有人或許在潛意識裏認定它是創作中的「小兒科」無疑。但君不見，在醫學的大門類中，小兒科也是門大學問，即使常被視為尖端的腦外科的高手，十之八九也未見得能當個稱職的小兒科專家。世上的學問本無高下貴賤，其互相之間絕對是不可替代的，研究天體和研究昆蟲都可以作出大學問。微型小說也自然有長篇小說、大河小說、史詩小說所無法替代的作用。

微型小說姓「微」，它的特徵在「微」，它的靈魂、它的生命也在「微」，但從文體美學的規範和創作心理的規律來說，如何全面深刻地理解踐行這一點，私心以為有四個維度或向度，不可或忘。

微型小說存在的必要性，首先自然是在篇幅其微其短其小，而其價值則是「微言」中有「大義」；對作者必備的素質來說，應能見微知著；就技巧而言，則要善於在似乎微不足道的東西裏說出可「道」之處；最終訴諸於讀者，要能產生「微言聳聽」、言有盡而意無窮的效果。或許，從這樣的角度詮釋微型小說的「微」之四維，庶幾可得微型小說的精髓吧。

近日研讀馬來西亞著名華文作家朵拉的微型小說集，益發增強堅定了這種認知與感覺。朵拉是個對微型小說情有獨鍾的作家，至今已出版的微型小說集已有九種之多，《朵拉微型小說自選集》（上海文藝出版社，二〇〇八年十二月出版）是最新的一種，也是在中國內地出版的唯一一種，頗值得一讀。

一、微言大義

就文體形制而言，不少的論者基本都認同，一篇微型小說的篇幅最好能控制在一千五百至兩千字之間為適宜，這也是它區別於短篇小說的最重要的外在標誌。不過，做到這一點，只能說是符合了微型小說的一個基本的起碼的必要的條件，卻並非充分條件，換言之，篇幅固然要在此限內，但不是說所有只要寫得短的就可以稱之為微型小說，那是一種大大的誤解，或有意無意的曲解。我曾將評論新加坡華文微型小說的一篇文章定題為〈大大世界小小說〉，意思是，小小說（微型小說）的型制雖小，其實，內裏可有大大的乾坤、大大的世界，不可小覷。微言裏可以有大義，對微型小說而言，則應當說，必須有大義。缺乏大義作靈魂的微型小說，不足以稱微型小說，或文雖是「微型」，而「小說」則非，原因無他，在其無「魂」矣。

朵拉從一開始走上創作之路就認定，創作者「終其一生所寫的，就是自己心底的追求和缺憾」[1]。她也服膺一位畫家所言：「一幅畫，是畫者的渴望與靈魂」。故「對於作家亦如是，每一篇文學作品，其實也都是作者的渴望與靈魂」。雖然操持的是被稱為微型小說的武藝，但她從沒輕待過它，而是在裏面放進了很多自己對人生的感悟，對善惡人性的觀察、對人類心理世界的生命體驗。

牆、咖啡、鏡子、花……，朵拉筆下有不少喜用的物象。〈阻止咳嗽的糖〉裏說：「生命裏本來就有許多挫折和哀傷，再加上每個人一有空就堆砌著無人瞭解的磚塊，一道厚而高的牆漸漸建築起來，成了心靈交會的障礙。」只是因為咳嗽的原因而吃糖，卻很可能成為別人的談資。〈會說話的牆〉裏的夫婦之間，沉默變成了一堵

1 朵拉，〈不妥協的靈魂〉，見《朵拉微型小說自選集》「代後記之一」，上海文藝出版社，二〇〇八年十二月，頁二四八。

「牆」，妻子因為搭老闆的便車而心存「秘密」，丈夫一句「牆裏好像有說話的聲音」的發問，差點讓她洩漏了秘密。在「沉默的牆」與「有聲的牆」之間，人物心理的張力得以突顯。這兩篇小說裏的「牆」都蘊含深意。物象也就成了意象。

綜觀《自選集》中的作品，可以分明地感覺到朵拉對女性問題的關注，尤其是男女之間的愛情婚姻，幾乎成了她的基本主題。雖然是微型小說，格局似乎不大，情節也無法多麼的波瀾曲折，但朵拉總是努力直面女性生存中的難題，提出自己的思考，她不一定給出現成的答案，但她會有意識地引導同為女性的讀者們一起思考。有思考、能思考就是好事，就是福音，就是走向幸福的起點。朵拉自述，曾經「試圖找一種主義來研究，起碼是一種自我成長的方法，最終選擇女性主義」[2]。朵拉並不象有些女性主義者那樣把女權抽象化或把一味地針貶男性錯當作女性的出路，或者從中得到快意，自以為得到了什麼解放，也並不真地服膺「時代不同了，男女都一樣」的信條以為是女性解放的不二法門。她更多地是啟迪女性的自覺、自審、自立、自尊，而不是盲目地追求男女「都一樣」。她不希望女性從一個桎梏中解脫出來又走進一個新的桎梏中去。在用小說詮釋千古以來生生不息的男女的糾纏與情事時，朵拉是平靜的，理性的。朵拉對女性主義的理解和詮釋不同流俗。

[2] 朵拉，〈和自己說話〉，《朵拉微型小說自選集》「代後記之二」，上海文藝出版社，二〇〇八年十二月，頁二四九。

朵拉是一個能在微型小說中貫注進自我獨特感悟和深刻人生思考的作家。

二、見微知著

微型小說家必須要能見微知著，而無法靠大事鋪陳，更不能面面俱到，它的「微」，是指筆觸往往聚焦於某一「點」上，它截取的，其實並不一定是生活的「片斷」，而可能就只是一個「點」。用筆集中不旁騖，左右逢源不斜出。針對有些人稱微型小說如「麻雀雖小五臟俱全」的誤解，微型小說名家黃孟文博士鮮明提出，「微型小說的特徵就在於『五臟』不全」[3]，行家慧眼，誠哉斯言！微型小說作家尤其要有從平凡日常的生活細節中「發現」某些有意味的東西、在平常和凡俗中有所「發現」的那種本領。見微知著的「見」是個關健，「見」就是發現。他的手裏似乎有一架顯微鏡（或放大鏡、望遠鏡），能把生活中常常被忽視、輕輕被放過的細枝末節顯像給人看，必須在要言不繁、三言兩語的描述中，開掘出不一樣的真知與發現。一句話，他應該能夠借助它的顯微鏡般的生花妙筆，給讀者帶來萬花筒似地、這樣那樣的驚喜和啟迪，但決不是耳提面命式的，決不是照本宣科式的，這是他必須練就的一

3 黃孟文，《微型小說微型論》，世界華文微型小說研究會出版，馬來西亞大將出版社發行，二〇〇七年二月，頁一二。

個基本功。

朵拉的一些微型小說就能做到這一點。以〈絕望的香水〉為例：文中的「她」，只因為無意中接收了一個一起公出的同事為表感謝而送她的香水，就讓本來平靜的生活，不再是古井無波而漸起波瀾。習慣塗抹香水而感安靜平和的她，竟在用了這款香水後心情不得平靜……世上本無事，女人自擾之，還是多情自擾之？小說寫得相當含蓄，女主人公的內心究竟因何起了變化？是睹物思人還是心有所冀？她到底希望什麼？因何絕望？女性心靈深處那種微妙的東西，正是作者所想探究的，但作者的高明就在於，終其篇，朵拉都沒給予那怕一點點暗示，行於所當行而止於所當止。任何進一步的言說都可能坐實人物的內在動因從而破壞了一種美感，或唐突，或了無餘味。也許什麼都沒有發生，也需講到此也就夠了。人的精微的心理情感之深致之複雜，並不是語言都能表達清楚表達準確的。

如果一個作家缺乏洞察幽微的能力，那他終究無法勝任微型小說的創作。

三、微不足道？

微型小說看起來所寫都是細微末節，又不能大事鋪陳，似乎都屬微不足道的東西，難免微小之譏。壺裏乾坤，杯中日月，端在作者如何處置，如何開掘。道可道，非常道。「道」得如何？說得怎樣？或如何說、如何敘述才是講究，才是正辦。論起這方面，朵拉的筆下還真有些可圈可點的驕人表現，她在謀篇佈局上是頗見創意和心思的。

〈遺失〉寫同學聚會時，一個女生突然說她的昂貴的耳環不見了，頓時弄得舉座皆驚，人人出動搜尋，最終好像也就不了了之。著急的、同情的、可惜的、猜測的、羡慕的、妒忌的、袖手旁觀的、冷眼以對的、幸災樂禍的、懷疑她謊報軍情的……這個這麼說，那個那麼說，你一言，我一語，把人性的好好壞壞、裏裏外外，簡直就是來了個大展覽。小說全篇除了頭、中、尾幾處略有敘述之外，其他篇幅幾乎都是在座者的對話錄。以一兩句話語就寫出了各人的內心，筆致、功力不俗。

〈等待的咖啡〉在綿延展開的段落中，用了點技巧：九個字的一句話（「等待的人一直沒有來」）加上括弧竟出現了九次，只不過，每次出現都比前一次少一個字，最後只剩下一個「等……」字。這句話就象抖開了一條情感的鏈索，它套住了當事者，使她無從擺脫，最後還是以失望告終。究竟是誰之過？是那被等的人無情爽約？還是等人的人太過癡情？在這裏，與其說作者是在譴責前者，倒莫如說，也不乏（或更有）對後者的揶諭。在男女兩造的關係中，女性不能也不必把希望都寄託在他人身上。對於寡情薄義朝秦暮楚的男人，感情受傷的女人與其無謂地指責之，倒不如來點自審自嘲反能擁有自尊。這正是朵拉用筆的過人之處。

〈母親節的電話〉、〈不解〉、〈電話響起〉都以電話為軸心，衍生出些人生的真情與假意，或喜樂或煩哀，也滿含著各種滋味。

〈綠葉子〉、〈行李〉等篇都是寫的同居男女的故事，但事情的來龍去脈和寫法都不同，當初同居的因由不一，後來分開的原因各異，同一屋簷下有不同的情感經歷，放大了同居名目下的人性與人情紛亂複雜與善變多變。題材的相似並不一定會千篇一律千人一面，各人還是有各人的悲歡，有外人看得明白的，更有別人看不懂、只有當事人自己才冷暖自知的那些情感與心理的皺褶。能把人心人情人性寫到這般田地，那不是靠什麼技巧就能做到的，那得端出自己的心來。

有評者以為，朵拉的微型小說「節奏明快，構思簡潔，這與他喜好丹青有關，帶特徵的單純，有意味的簡化，頗得微型小說這一新興小說文體之精髓」[4]。有其道理，不失為進一步觀察朵拉的角度，但我倒是認為，成就作家朵拉的，固然有其丹青畫師的功力那一面，更得之於她所具備的心理諮詢師般的悲憫仁愛之心。

四、「微」言聳聽

要能以短短的篇幅、面目多少有點模糊的人物、似乎有點曖昧的性格以及不一定

4 鄭宗培，〈祝福惠安女——朵拉〉，見《朵拉微型小說自選集》「序」，上海文藝出版社，二〇〇八年十二月版，頁二。

完整又不能太過巧合的情節、不需要太確定的時間和空間，完成一個故事或者事件的敘述或一個人物的描畫，而且要能抓住讀者的心，令人讀得過癮，聽得起勁，頗有餘音嫋嫋的意思，產生一種近於「微」言聳聽的效果，這是對微型小說家的最大挑戰。儘管有如此種種苛酷的限制，仍是有一批癡情不改的微型小說作家們樂此不疲，戴著「鐐銬」跳舞。在他們看來，挑戰不是難題，越如此，越能見真章呵。〈流浪的幸福〉、〈二遇芒草花〉、〈唱片日子〉、〈心結〉等篇都頗有可回味之處。

〈心結〉裏的母與女，在不同的時空裏，都收到過寫著「我永遠不會忘記你」的卡片。眼見女兒也象當年的自己一樣收穫了男生的「情話」，難免勾起對自己說過此話、後來偶遇時竟忘得一乾二淨的那人的回憶，不禁怨從中來恨亦難消，但小小年紀的女兒面對同一句話的回應卻分外的冷靜：怎麼可能？哪有永遠不會忘記這回事？全無當年的自己那樣的沉湎和輕信，不禁讓她對「女兒的頭腦十分清楚」、「比當年的她成熟得太多」而「高興」、而欣慰。更沒有想到，自己多年來的心結居然在這個時候，被女兒不經意的回應解開了。兩代人面對同樣境遇的不同反應，怎能讓人不生出太多的唏噓感慨！作者構思的高明，正在於對比的設計是定位於母女兩代人，而縮結其間的是司空見慣的同一句話，一句聽起來悅耳開心但當不得真的話。做母親的終於明白：是誰在欺騙她？那個人其實就是她自己。時間、生活、現實、閱歷……在人經歷了很多以後告訴了她真相和真諦。其震聾發聵處，噴發出了相當大的藝術衝擊力。

應當說，在當下世界華文小說的舞臺上，戴著「鐐銬」翩然起舞的群像中，朵拉堪稱一個優秀的舞者。有論者高度肯定朵拉的小說「對人性弱點深藏不露卻鋒利無比的批判力量」，盛讚朵拉為「東南亞華文文學中最有藝術造詣的作家之一」[5]，非虛譽。

馬來西亞的微型小說創作在世界華文微型小說的版圖上有著舉足輕重的地位，陳政欣在總結一九七〇到二〇〇〇年間馬來西亞華文微型小說創作的時候，曾這樣描述其盛況：「就創作藝術手法而言，怪誕，意識流，寫實，現代，黑色幽默，象徵主義等等技巧，各顯繽紛。內容上，有筆記軼聞，寓言，科幻，政治諷刺，然而社會寫實的還是占大多數。」[6]大體上是個準確的概括。由此考量，朵拉大概應屬其中居於主流地位的社會寫實一路的代表者之一吧。

這本書是「自選」，也是精選。對於熱衷於探索微型小說創作奧秘的同道來說，《朵拉微型小說自選集》不無標杆的意義。我們期待著朵拉和她的一眾同道，在這條「羊腸小徑」上走出一方更多迷人風景的新天地。

---

5 戴冠青，〈溫婉優雅的智慧女性〉，見《朵拉微型小說自選集》「附錄」，上海文藝出版社，二〇〇八年十二月版，頁二三九。

6 陳政欣編選，《馬來西亞微型一百・序》，馬來西亞華文作家協會出版，一九九八年十二月版，頁二。

作者簡介

曹惠民（1946-），蘇州大學教授。著有《出走的夏娃》、《他者的聲音》、《多元共生的現代中華文學》，主編《1898—1999百年中華文學史論》、《臺港澳文學教程》、《閱讀陶然》等，在海內外發表論文一百八十多篇。

遺憾有時候是一種悲絕的美麗

——簡論朵拉的微型小說

劉俊

在馬來西亞華文作家中，朵拉（本名林月絲）是位在散文、小說和微型小說領域長期耕耘並取得突出成就的作家。到目前為止，她已出版的作品計有散文集《貝殼裏有海浪的聲音》（1991）、《亮了一雙眼》（1994）、《快樂的生活方式》（1994）、《陽光心情》（1994）、《一朵花的修行》（2011）、《自說自話》（2011）；小說集《同情》（1983）、《十九場愛情演出》（2001）、《尋一把夢的梯子》（1999）；微型小說集《行人道上的鏡子》（1993）、《野花草坪》（1995）、《桃花》（1996）、《半空中的手》（1996）、《自由的紅鞋》（2010）等共計三十九本著作，這些作品出版後，深受讀者喜愛和學界好評，並在中國香港、中國大陸和馬來西亞等地多次獲獎，有些作品還被翻譯成馬來文、日文，並被拍成影視作品。

在朵拉文學世界所涉及到的幾種文學樣式中，微型小說似乎有成為朵拉「最愛」的趨勢。至少，從目前的創作數量上看，微型小說已成為朵拉文學產量的「大宗」。就我閱讀朵拉作品的體會來看，我覺得微型小說之所以可能成為朵拉的「最愛」，在於微型小說可以為朵拉提供這樣一種可能，使她可以將要在小說和散文中想要表達的內容，集中在微型小說中，「二合一」地加以表現。

比如朵拉的小說，常常表現「愛情故事」和對過往的追憶，而她的散文，則常常傳遞她對人生的感悟和對感情的思考並從中昇華出某種哲理性認識——而這兩點，在她的微型小說中，可以說「一體兩面」地得到了體現。雖然，微型小說不像短篇小說、中篇小說和長篇小說那樣能展開人物塑造和情節發展，也不像散文那樣能全面鋪排所感所思，可是在朵拉的微型小說中，我們常常可以看到她借助一個場景、一種表情、幾句對話、剎那的情思和心理活動等人生的瞬間，三兩筆就勾勒出人間的種種情態，「一針見血」地指出人生的困境，並引發讀者的深思——而她小說中常有的「愛情故事」和對過往的追憶，散文中常有的對人生的感悟和對情思的思考，在她的微型小說中，就「合二為一」地一併呈現出來。

縱觀朵拉眾多的微型小說，其一貫的基本風格，大致可以歸納為：以生活為基礎，以感情為聚焦，以感悟為側重，以哲理為追求，當然，優美的文字和精巧的結構，也是她微型小說持之以恆的「優良傳統」。

在朵拉的微型小說中，常常會有一個敘述人「我」（有時候也會叫「她」或「他」），通過「我」（「她」／「他」）的觀察和敘事，一個「具體而微」的馬來西亞華人社會、一群形態各異的華人形象和一束豐富複雜的華人心理，就會栩栩如生地展現在讀者眼前。在這個與「我」（「她」／「他」）相關的華人社會裏，有對人間勢利的批判（〈南瓜〉）；有對父女溫情的展示（〈父親和魚〉）；有對「許多複雜的人事，皆是由閒不下來的舌頭攪弄攪拌出來的」的表現（〈阻止咳嗽的糖〉）；也有對父親吝嗇舉動的不解和理解（〈不要像爸爸〉），除此之外，「我」在面對歹徒時的軟弱和因此而導致的心理折磨（〈穿過小巷〉），「我」對單調和重複生活的難以忍受（〈唱片日子〉），「他」對太太和同事沉迷電視的不解和無奈（〈讓我的耳朵休息〉），以及「她」在社會中難以得到「瞭解」的處境（〈瞭解〉），和人與人之間形形色色的誤會（〈溫柔的陽光〉、〈閒聊〉）……，都成為朵拉展示馬來西亞華人社會的特殊視角——由此，一個多姿多彩的馬來西亞華人社會，也就呈現在讀者面前。

雖然這些表現馬來西亞華人社會生活的作品在朵拉的微型小說中佔據一定的比例，但顯然，馬來西亞華人社會的「外在形貌」不是朵拉要在她的微型小說中表現的重點，對於朵拉來說，她無疑更願意將馬來西亞華人社會作為一個背景和載體，借助這一背景和載體，去表現華人（進而達致人類）的感情世界和複雜心理——而這兩個方面，才構成了朵拉微型小說的核心組成。

在朵拉的微型小說中，感情世界和複雜心理常常交織在一起，形成一種感情心理——經由感情表現心理，借助心理強化感情。在〈化為粉末的野草花束〉中，朵拉寫了「她」對愛情的感悟：「富裕堪可敵國的埃及國王和王妃，生命中最後一份愛的禮物，竟是平常隨處可見的野地裏的花草！」可是「她」的這番感悟，卻激不起「他」的回應，當「她」的浪漫情懷遭遇「他」對「叉燒包」的熱愛時，這份愛的尷尬，真是情何以堪！在〈花月浮影〉中，「她」為了保有那份暗戀的甜蜜和家庭的完整，寧願不與「他」將那份情愫挑明，不讓情感任意發展，心理的微妙和情感的複雜，在短短的篇幅中，表現得淋漓盡致。〈咖啡約會〉中「他」和「她」的情感心理拉鋸，體現的是在愛情「戰爭」中，最終其實沒有最後的贏家；〈離婚晚宴〉中，蘇薇薇和陳祖榮在爭吵中「增進感情」的做派，體現的則是人間常有的一種「另類」的感情表達……。

在朵拉表現感情心理的作品中，對以往美好時光的追憶，常常與感情心理的悸動相聯接，無論是「她」對郭子軒送的手錶的不離不棄（〈手錶心事〉），還是「她」對「阿莎木茶」的難以忘懷（〈留下的習慣〉）；無論是無法讓過去停留的花瓶

（〈心事的花瓶〉），還是遺失了的電話簿（〈遺失的電話簿〉；也無論是滷蛋的滋味（〈想念的味道〉，還是「視窗的一點光」（〈窗外有光〉），……在在都體現了一種美好不在，情感已逝的悵惘和悲愴。或許在朵拉看來，美好的感情，大都屬於過去，而複雜的心理——由感情失去而引發的複雜心理，卻留在了現在。

於是我們發現，朵拉的微型小說，雖然經由社會生活的背景和載體，聚焦於情感心理的表現，但她最終的追求，是要從這種情感心理中，昇華出對人生／人性的感悟。在她筆下對愛情（婚姻）無望和錯位的一再表現（〈糾葛〉、〈離婚〉、〈病〉、〈燒〉、〈疑〉、〈自由的風箏〉、〈絕望的香水〉、〈袋中的紐扣〉、〈失去自信的男人〉、〈矮矮向日葵〉、〈白首偕老〉、〈後遺症〉……），其實是要昭示：情感也好，婚姻也罷，大概能留下來的，總是以遺憾為多，以痛苦為多——而這，在朵拉看來，或許就是人生真實而又本質的狀態吧。

從總體上看，朵拉對人生感悟的重點，側重在這樣幾個方面：一、人們追求感情卻無法獲得美好的感情——如果曾經有過美好的感情，那也只屬於過去並早晚要失去它，這似乎是一種宿命；二、人們總是在人生選擇的十字路口——人類生存的基本常態也許就是選擇（〈花月浮影〉、〈淒厲的決定〉、〈十字路口〉、〈抉擇的桌子〉）；三、人們具有強迫症和控制欲——那是一種人性的弱點（〈節日晚餐〉、〈電話裏的藍莓茶〉、〈患癌〉、〈佔有欲〉）。

儘管在朵拉的微型小說世界中，其表現的社會是凡俗的，人物是矛盾的、情感是卑微的、心理是幽暗的，可是，當這一切充滿遺憾的人生在朵拉的筆下，以藝術的方式呈現的時候，它們又是「美」的——朵拉其實是要告訴她的讀者：社會、人生和人性雖然充滿了遺憾，可是這就是我們真實的人生，這就是我們的人間性！在社會、人生和人性的種種遺憾之中，人們因為擁有這種遺憾而完成其人生的塑造，實現其人性的「完整」。而當這一切被作家形諸筆端的時候，經過作家的藝術點化，它們反而因為體現了社會的缺陷、人生的缺失和人性的缺憾，而具有了一種藝術的「美」。就此而言，朵拉的微型小說對社會、人生、人性遺憾的展示，恰恰在藝術層面上成就了她微型小說的豐富複雜，並形成了一種因書寫遺憾而體現深刻所造成的藝術的「美」。從這個意義上來看，我們或許可以用朵拉自己一篇微型小說〈花月浮影〉中的一句話，來概括她的微型小說給人們留下的啟示：「遺憾有時候是一種悲絕的美麗！」

目次

「微」之四維
——朵拉微型小說讀後所悟　曹惠民／003
遺憾有時候是一種悲絕的美麗
——簡論朵拉的微型小說　劉俊／014

卷一　唱片日子

病／028
疑／031
燒／034
離婚／038
糾葛／043
了解／047
南瓜／050
上山／055
掃墳／058

洗頭／062
閒聊／066
穿過小巷／069
不要回頭／072
父親和魚／075
節日晚餐／079
花月浮影／083
咖啡約會／088
離婚晚餐／091
門的後面／094
傷心的人／097
手錶心事／100
十字路口／105
為錯乾杯／108
唱片日子／111

卷二 幻想電話

流浪的幸福／118
袋中的鈕扣／121
等待的咖啡／124
淒厲的決定／128
水雞的謊言／132
溫柔的陽光／135
心事的花瓶／139
因為藍襯衫／143
走路的方式／149
自由的風箏／153
不要像爸爸／157
那天去洗衣／160
不認輸的咖啡／163
過期的紀念品／169

阻止咳嗽的糖／172
讓我的耳朵休息／175
電話裏的藍莓茶／178
Macchiato和法師／181
夢離開我的那個下午／184
化為粉末的野草花束／187
雨太大了／190
自殺的鳥／194
幻想電話／197
寫她／200

卷三　鴉片電話

喚醒／202
遲來／204
翠鳥／205

目次

答案／207
患癌／209
沒醉／210
酸咖啡／211
占有欲／213
後遺症／214
夢見狗／216
鴉片電話／217
愛鄉的人／219
白首偕老／220
窗外有光／221
尋找阿芬／222
遺失珍珠／224
矮矮向日葵／226
害怕的自由／228

抉擇的桌子／229
青山依舊在／230
想念的味道／231
銀鈴般的笑聲／232

附錄

朵拉的唱片日子　唐林／234
一個人的烏托邦
——朵拉小小說印象　楊曉敏／239

「卷一」

唱片日子

病

大清早一醒來，她就覺得頭很重，眼睛痛。

這是她的老毛病，要是前一個晚上，帶著心事睡覺，隔天清晨，總要出現種種類似的症狀。

梳洗時候，鏡子裏頭的人，臉腫眼浮，五官似乎不聽話，都不太歸位。她非常明白這和年齡有很大的關係。

但沒有辦法。人再怎麼有能力勝過天，也無法阻止時光的流逝。

難怪市場流行整容。不過才三十歲出頭的人一個個已經老態畢露，她甚至懷疑是地心吸力日益增強。男友辯說是工作的壓力，叫她辭職，結婚當主婦。

女人爭取了多少年，才有今天的地位。出外工作，經濟獨立。若重往回頭路走，給個男人養，豈不是要仰他鼻息？

建議太多次，男友昨天晚上生氣了。

「算了吧，結什麼婚。」她仍然不理他氣，「這樣不也很好嗎？」

「這樣，這樣算什麼？」男友說，「我要回來在家裏看到你，要生幾個孩子，要感覺到家的溫暖。」

她一聽到生孩子，更不敢出聲。

男人卻口口聲聲不停地念。

「誰要生孩子啦？」她終於皺眉頭回答。

那痛苦的過程男人不會知道，他們不是懷孕的那個人。

兩人不歡而散。男友甚至不留下來過夜。

這樣的爭執非一天兩天的事，她原不放心上，但男友似乎認真了，從他的態度，語氣。她認識他有五六年了。

對著鏡子用手出力拍打臉孔，讓自己清醒，讓頭輕一些，希望五官回到原來的地方。

抵達辦公室，發現今天較早。她想，難怪頭會重，原來自己比平常早起。

「早。」何志明招呼她，臉色比她的還要差。

老同事不避忌，直接坦白問：「怎麼啦？還沒解決？」

「真頭痛。」何志明也老實說話，「本來以為沒有孩子，很簡單。」

「阿紅還是不答應簽字？」阿紅是何太太。也是她的老同學。畢業後就天各一方，她到公司上班，認識何志明後，再度和阿紅聯絡上。

「是。」何志明一張臉非常痛苦。

兩個好人，成就不了一樁好的婚姻。沒人曉得那裏出了錯，包括當事人。

「再這樣下去，我會病了。」何志明確實是比前時候瘦些，「吃不下，睡不好。」不知應該埋怨誰。

婚姻走到絕路，當初意料到的話，不如不結婚的好。

她慶幸自己昨天沒有被男友感動。

「真想不通。」何志明自己在叨叨念念，「我看阿紅是病了。」

「病了？」她問：「什麼病？」

「堅持不離婚的病。」何志明生氣地說。

她笑起來：「你不也患上想離婚的病？」

何志明不甘被取笑：「你不是因為這樣而得了不結婚的病吧？」

「早晚是要離婚的，何必那麼麻煩？」她把心事說了出來，才用雙手捂住嘴巴。

爸爸和媽媽最近在鬧離婚，每天給她打電話，互相說對方的不對。

四十多年的婚姻，也會患病？

手機響起來，她歎氣，是爸爸？媽媽？還是男友？

她覺得自己的頭更痛了，也許下午要請半天假去看醫生。

近來張曼薇花在化妝的時間比較長。

開始的時候，楊健才沒有注意，後來是乘搭他們順風車一起上班的葉雙莉說：「曼薇姐最近換了新的化妝品吧？很好看唷。」

不能怪楊健才看不出來。

一對結婚十多年，孩子都已經長大並外出念書的夫婦，雖然每天都在一起生活，但是楊健才自己在心裏承認，平常他的確是沒有正眼去看張曼薇。

習慣成自然呀。

年輕的葉雙莉，是住在隔不遠的鄰居，其實她已經結婚兩年，但她不喜歡人家叫她彭太太。每次認識新朋友，旁人還沒來得及開口介紹時，她總是搶先說：「我是葉雙莉。」

這樣是什麼意思呢？張曼薇微皺眉。她認為葉雙莉是不喜歡讓人知道她已婚，可以享受未婚小姐被男人追逐和照顧的特權。

當張曼薇和楊健才提起，楊健才的想法卻不同：「葉雙莉是孩子氣，她頂天真的。」

當然葉雙莉有她自己的解釋：「結婚不表示附屬某個人，一定要在社交場合透露讓大家知道，而且，我是我自己。」

大約是說得興起，她繼續批評：「大多女性就是這樣，結婚就得貼標簽，似乎年紀到了，還不是某太太，就會令人嘲笑？」

隱隱地，張曼薇受了輕傷。她出外都告訴人家她是楊太太。

所以張曼薇不是非常喜歡葉雙莉。對葉雙莉的稱讚，她也覺得是葉雙莉一種假相的諂媚。因為她要搭他們的順風車呀。

對楊健才不同意她對葉雙莉的看法，張曼薇也不太高興。

她心裏懷疑楊健才對葉雙莉存有好感。再不講究打扮行嗎？

聽到葉雙莉說張曼薇變得好看，楊健才似乎被提醒了。

然後他才發現，張曼薇停留在梳妝臺前的時間越來越長。

為什麼呢？楊健才怵然一驚。

莫非和辦公室新來的小劉有關係？

小劉雖然比張曼薇年輕許多，但是，他時常在曼薇的身邊晃來晃去的，一下子問她這個，一下子又說文件有些不明白，要曼薇幫他填一填，整天就在曼薇桌子邊留連。

而且，張曼薇最近的言談也有點不對。什麼老少配不只是老男人和年輕少女，當今流行的趨向是女的老男的年輕，就像王菲和謝霆峰，還有在臺灣鬧得轟轟烈烈的小趙和老美玲，兩個人年齡相差二三十歲呢！語氣還似乎並不反對：「有什麼關係？這麼長久以來，社會既然可以容忍老男人和年輕少女配在一起，那麼老女人和年輕男人當然也可以。二十一世紀都到了，男女還不能平等嗎？」

這算話嗎？楊健才決定下個星期張曼薇生日時，送她一份禮物，是她提了很多年的香奈兒五號香水。再不學習做個細心丈夫行嗎？

張曼薇收到楊健才送她的生日禮物，眼淚掉了下來。她的懷疑終於成了事實。她相信楊健才一定是做了虧心事。要不然，為什麼結婚這麼久，他從來沒送過她禮物？

燒

院子裏積了很多葉子，只種一棵芒果樹和一棵刺桐花，地上的青草便長不出來。樹蔭下光禿禿，沒有綠草，一地全是黃褐的葉子，從樹上掉下來的。他把樹下的葉子掃成一堆，用草耙耙到籬笆的一個角落，進屋裏去拿出舊報紙和火柴，開始把火點燃起來。

這幾個星期氣候乾燥，本來雨季應該到了，每年這個時候都要下雨，「清明時節雨紛紛」不知何時開始竟成歷史文獻，過去的詩和過去的事。

因為乾燥吧，生火變得容易，一下子，火就旺旺地燃燒起來。

籬笆角落處本來就堆著一些修剪花樹時的小枝小幹，雖說樹葉落了一地，兩棵大樹的葉子仍然非常茂密，無法在樹下燃火，正好耙到籬笆角落處一齊燒掉。

這些枯枝黃葉，被妻子掛在嘴巴裏叨叨念念好幾個星期。「院子裏那麼多枯枝乾葉，有人來的時候，多難看呀。」「你到底什麼時候要去清理一下嘛，那些發黃的葉子，真討厭。」「我說話你聽不聽見的？要叫多少次你才甘願動手呀？」「要是你再不處理，我叫印度工人來了。」

印度工人每個月來割一次草，每次要付他二十元的割草費。那工人的工作態度很差勁，只負責割草，叫他一並清理草地和院子，他說要另外付費。酬勞多少？他問，印度人說三十。意思是再加十元。他不給。隨便這樣掃一下，要多給十元？他回答太貴了。那印度工人沒有答應他，本來黝黑的臉更黑一些。

妻子怕曬，陽光是她的仇人，況且她皮膚特敏感。有一回處理樹枝樹葉過後，全身皮膚發癢，整個晚上爬上爬下，吵得他也無法睡好。隔天去看醫生，醫生給她一些藥丸和藥膏，等於給了她一張證書，往後她對這些工作就不負責。

他任由妻子嚕哩嚕嗦。其實他早練成一種功夫，沒給妻子知道而已。她自說她的，他什麼也聽不到，根本不必用耳塞。

只是他看著落葉堆得高了，是不成樣子，他不做，要付錢給印度工人，又覺得不甘心。早上吃早餐時，妻子對著咖啡說：「今天不必上班，你好心把那些樹葉清理一下。」不知情的人，看見她的表情，以為她是叫咖啡去掃樹葉。他則對著報紙說：「嗯嗯嗯。」妻子問咖啡什麼叫做嗯嗯嗯？為什麼每次說話，回答都是嗯嗯嗯。咖啡自然不會回答她。他對著報紙繼續說：「知道了知道了。」妻子照樣罵咖啡道：「知道了知道了，你已經知道好多個星期了。」他大聲對報紙說：「我今天就去做好不好？」妻子問咖啡：「你會做？你今天就會去做？」語氣輕蔑且不信任。他不再對報紙說話。讓妻子說最後一句，問答才會來到結束的時候。

要是有人聽見，以為他很聽妻子的話。相處多年的經驗，他今天如不去清理院子和草地，同樣的一句話，妻子會不知厭倦地從清晨念到晚上。說他聽話，不如說他希望耳根清淨。

他的願望無法成真。火才剛燃著，妻子過來，站一旁又開始說話。

「叫你砍掉這兩棵樹你不聽，這麼多年來只給人一堆樹葉，你看。」指著地上他清掃堆聚在一起的樹葉，證明。聲音提得高高的表示她的不滿。「要種芒果，起碼選品種好一點的，甜的，這種芒果青，果子小，又酸得要命，沒人要的你來種。」她嘆息嘆息著，聲音略再高些。「那棵刺桐就更糟糕，連果實都沒有的樹你也種？到底種來做什麼？紅紅的花有什麼用？看著美，美有鬼用？一地的樹葉，一地的落花，顏色像流血一樣，難看到死。不如砍掉更好。你聽到沒有？不如砍掉更好。」

她重複的說，明顯的建議他不是沒聽到，但他明白不可回答，無論答案是什麼，總是不能如她的意。他用樹枝撥弄著火堆，把火燒得更旺一些，又用草耙把樹葉掃進火裏，心裏希望快點把這些垃圾都解決掉。

「你會不會呀？燒樹葉你也不懂？你這樣弄到火煙四處飛來飛去，薰到我的眼睛了。」妻子呱呱叫。

「你進屋裏去呀。」他在心裏瞪她，外表看不出來，因為他只是輕輕地說。

「我，我看你一個人，出來要幫你的忙。」妻子生氣，哼他。真不識好歹。憤憤地她回屋裏去。

他把樹葉、樹幹、樹枝，甚至連草耙都放進火裏一塊燒。濃煙令他的眼睛不舒服，眼淚流下來。他一直在想。火勢越來越小，最後變成一股黑煙，他都還想不起，當初到底是為什麼而結婚？

眼淚一直流個不停，火光滅了，漸漸地，剩下一地的灰燼，裊裊的煙還在空氣中繼續飄揚，飄揚。

離婚

那天早上一切和往常一樣。他下樓前先看一下臥室裏的溫度計，氣溫是攝氏二十九度，他知道再過三個小時就會變成三十到三十二度，不過，當氣溫增加的時候，他無需擔心著長袖衣打領帶會流汗，那段時間他正多穿一件外套在辦公室裏，辦公室裏的溫度是十八，空調製造出來的不自然溫度，他已經習慣。

習慣地，他坐在餐桌邊，一邊看報紙一邊等待太太給他弄早餐。

早餐是牛奶一杯，冷的，麵包兩片，烤過，略焦，塗牛油，半熟雞蛋一個，是菜園雞的蛋，託隔壁家的親戚購買。那人住在離市區遠一點的郊外，自己也養了一些雞。太太時常重複告訴他，有人說到巴剎買到冒充貨，就是把新生雞蛋，據說新生雞蛋較小，當成菜園雞蛋賣給不識貨的人，菜園雞蛋和普通蛋，價格差一倍以上。當然，這些家庭小事都是他太太在處理，他根本不必理會。

不必理會日子是怎麼過的，新聞卻還是挺關心的。雖然翻著報紙，新聞都是舊聞，天天不是兇殺案，就是搶劫案，不知道警察幹什麼去了。破案率奇低，結果犯案人日益猖狂。再一看，股票又跌了，前天才漲那麼一點點，重要人物在報紙或電視各種媒體上異口同聲吶喊我國經濟越來越好，市場卻是一片冷淡，毫無和政府合作的意願及趨向。其實大家何嘗不曉得靠說的並不可靠，市場表現才是最佳證明。

最佳證明的是他的胃口，每天早餐吃同樣的東西，他卻無所謂。他是一個什麼都不挑剔的人。這時他嗅到烤麵包的香味，太太把早餐拿過來。他面無表情，也沒把報紙放下。每天他對著報紙吃早餐。

吃早餐對他只是吃早餐，享受不享受皆沒關係。他拿片麵包和新聞一起在咬嚼，太太突然問：「你知道我今天穿什麼衣服嗎？」

什麼衣服嗎？他一時間會意不過來，太太在問什麼？往常太太把他的早餐放下，就到廚房或客廳去忙家務，從來沒有向他提出什麼問題。

什麼問題也引發不起他的興趣。「你說什麼？」他這是自然反射下的結果，目光依舊對著報紙，瞧著頭條新聞的圖片說明。

圖片說明往往一言中的，賽過長文中的千言萬語。「你知道我今天穿什麼衣服嗎？」這回他倒是聽清楚了，詫異地把手上的報紙放下來，對著太太的衣服看了一眼。

看了一眼覺得這個問題完全沒有意義。「你說什麼？」他再次重複，並不打算回答。把視線投回眼前的報紙。

報紙上寫著，你永遠無法了解女人。現在他終於明白那些專家研究的報告確實有道理。吃過早餐，他就要趕到辦公室去工作，他的太太在這個忙碌的節骨眼問了一個愚蠢的問題。

愚蠢的問題無需多加理會。太太要是像他那樣為工作忙得不可開交的話，也許不會胡思亂想。「我吃過早餐，就去上班。」他說，提醒太太他是個忙人。情緒化是所有女人的通病。他想太太也不例外。雖然這麼長久以來，這樣的事不曾發生。

發生的永遠不會是新鮮事，這麼些年來難道他還不知道。「我要跟你離婚。」太太好像在說著晚上幾點回來吃飯那樣平淡，但卻轟地一聲，他彷彿聽到雷聲隆隆。

雷聲隆隆原來是他的幻想。他清醒了，但他吃驚了，這回他真正放下手上的報紙，認真地注視太太。

注視太太時，才發現太太的眼梢有幾絲淡淡的皺紋，卻無損於她的美麗。不過他看不出她到底是真的假的，她的臉色非常平靜。

平靜令他安心地說：「不要開玩笑了。我很忙。今天晚上我要吃排骨湯，還有清蒸紅魚。」然後他低下頭吃他的半熟雞蛋，把牛奶喝了，站起來：「我要去上班了。」

我要去上班了。一切到此為止。這是他語句背後的意思。

他語句背後的意思太太顯然不明白，糾纏不清地繼續說：「我要跟你離婚。」

離婚是這樣隨便說說的嗎？他不耐煩：「夠了啦你。」開玩笑也要選時間。他瞪太太一眼。

太太很冷靜，而且果斷地告訴他：「真的，我要跟你離婚。」

「離婚？」他惱怒，埋怨她。「為什麼你這樣煩？」其實他開始感覺到有點冷，他的心也已經開始一點一點在收縮，到底發生了什麼事？什麼事讓太太做出這樣一個完全出乎他意料之外的決定？

「離婚以後，你就不必煩了。」太太低聲說。

低聲說不表示退讓，她的語氣異常堅決。他實在意外，這是和平日沒有兩樣，非常普通的一天，連氣溫，連早餐，都一模一樣，為什麼會聽到這樣一個晴天霹靂？

晴天霹靂是對他個人而言，太太像無事人似地，心平氣和地宣布這個消息。這個消息且令他的胃起了變化，他似乎要嘔吐。「好吧。」他怒氣騰騰。「離婚就離婚。」他可不是一個認輸的人，心裏另有一股聲音叫自己要冷靜面對現實。

面對現實的他拿起公事包，衝到車裏，開車出去的時候，速度奇快。像要把這件事拋到遠遠的地方，那就不屬於他的事了，然後才慢慢地回來，慢慢地把車子停下。

車子停下在交通燈前，這個交通燈的紅燈每次都亮很久，他時常等得不耐煩。今天真不幸，又給他遇到紅燈。

紅燈。今天真不幸。他想到自己的不幸，真的很不幸，大家都是照樣在過日子，為什麼他就這樣多煩惱？生活不是好好的嗎？突然他抱著方向盤哭了起來。

哭了起來，一邊想不通，「到底我哪裏做錯了。」他自認是好丈夫，每天準時上班下班，每個月薪水全部交給太太，沒有不良嗜好，最多是看報紙看電視，平日沒事從不出門，那些同事相約去風花雪月的地方，他都推掉，他可是著名的標準好人！

標準好人遭受到離婚的命運？世界上有這樣不公平的事？而且還是由太太先提起的離婚。離婚以後，人家會怎麼看他呢？這些年來，他辛辛苦苦地工作，沒有一天遲到，沒有一天早退，他實實在在地做一個好人，難道他做錯了嗎？他在車上一直哭，綠燈都亮了，他還在哭，其他人的車子都超越他的車子，過去了。

糾葛

她打電話給楊，語氣遲緩：「我……我想去車站……」

「啊，那真巧，我正要到那兒去買張車票。」楊說，毫不猶豫地。

有時候，她懷疑楊在她面前老是說謊，因為不論她要去那裏，要是找到楊，楊正好都有事是順著她要前往的那個方向去。

「我來載你。」楊總是說，於是她順理成章搭了便車。

本來她可以自己乘巴士或者叫的士，但是她害怕一個人單獨去辦事。不是語言或者別的什麼能力不足，而是一種心理上的障礙。

從前她不管做什麼，都有鄧的陪伴，依賴的日子過久了，習慣一旦養成，像喝上癮的茶或咖啡，很難戒除。

她明白自己的毛病，但改過是另一回事。

楊很快地來了，她安心地和他一起到車站去。

對車站她一點也不熟悉。這個永遠是人潮擁擠的地方，她平日很少來。她的朋友不多，自己又少出門，就算要去哪裏，搭巴士也是最後的選擇。尤其是和鄧在一起以後，所以車站對她而言是非常陌生的。

只有一次，她從南部回北方的時候，鄧在這裏接她。

但那時候，她什麼也沒看到，才剛下巴士，鄧已經在她面前，把她的東西接過去，帶她穿過人群，經過天橋到對面的停車場去乘他的車子。

她記得那天巴士一進車站，透過玻璃窗口，她的眼睛裏只看見鄧清瘦的臉，高䠷的身材，亮炯炯的期盼渴望眼神，至於車站究竟是什麼樣子的，她到現在也說不出來。

有鄧在的時候，她根本就忽視一切其他的風景。

她只看自己想看的，只想自己想想的，只記自己想記的，她就是這樣一個完全的自我主義。

這樣的天真造就一份無知，對自己也不滿意的她有時候不明白，問鄧：「你到底愛我什麼？」

鄧搖頭：「我也不知道。」只是把她抱得更緊，好像擔心她會突然消失。

她每次一看見鄧，就什麼都不放在心上了，除了鄧，她不願意讓視線裏再容納別的，於是她就什麼也看不到了。

和楊到車站，她才發現原來車站的真實景觀是如此糟雜髒亂。

大型車啟動走後，或者是開進來的時候，那些烏煙瘴氣，不只是污染天空，甚至整個車站都被一陣朦朦的煙霧籠罩著，許多提著行李的人就在彌漫的煙霧裏紛亂流動。

吆喝的人聲，吵鬧的車聲，像悲哀一樣不斷地潑濺到她身上，她靜靜地在各種強度競爭著要出眾的聲音和難以抗爭的愴惻裏走著。

「我過去那邊買一張車票。」楊說，「你站在這裏，別亂走，小心一點。」

一個衣著污穢，渾身臭氣的流浪漢經過她身旁時，撞了她一下，向來有潔癖並且對此非常醒覺的她似乎並不在意，也根本沒察覺。

穿過許多黑壓壓的人頭，就在賣甜圈圈的攤檔邊，她依稀彷彿又看見那個下午的鄧，清瘦的臉，高䠷的身材和充滿期待的渴望眼神。

交織在喧鬧的車站裏的是悲傷的別離和歡樂的相聚的網，但空氣中隱隱浮動著的卻是她憂郁蒼涼的牽腸掛肚。

醞釀許久的眼淚終於再也撐不住，在灰蒙蒙人來人往的車站裏，寂然無聲地掉了下來。

「可以走了。」楊走過來，拍一下她的肩膀。

鄧走了，就是這個時間的班機，她沒有到機場，卻到車站來送機。

而鄧不知道。

鄧不知道，無論他走到多遠，他總是在她心裏。

她低頭用紙巾把眼淚輕輕抹掉，按著鼻子：「走吧。」

楊把她送回去，她才下車，他就在車上把剛買來給她看的車票撕掉了。

只是找一個藉口，但可以看見她，陪伴她。

僅僅希望有一天，她會知道，知道她總是在他心裏。

了解

七彩的霓虹燈幻影把人的眼睛都弄花了，影影綽綽的燈光時亮時暗，閃爍不停，不要認真去看，才不會覺得頭暈，她很興奮地把自己的新發現告訴一口接一口在喝酒的麗華。

麗華大笑，又一口，把手上的酒喝光了才回答：「你不要傻了，到這裏來，不要認真。」

跳舞的人很多，也許應該說舞池裏的人很多，他們不是真的在跳舞，更多人是在裏邊隨便搖擺。音樂毫無規則，突而高昂，倏地快速，只有連續不斷的鼓聲一直在隆隆隆，彷彿沒下雨在打著空雷。

她驀地沉默了。想起多年前自己在電視上看見這種鏡頭的時候，曾經皺眉說過，這些人好像瘋子一樣。

麗華一邊喝酒，從進來到現在她都沒有停止喝酒，一邊問她：「你在看什麼？」

「那個人很像劉總。」她朝舞池裏那些狂歡的其中一個人指著。

「不要到這裏來認人。」麗華再喚來一杯酒，手一揮，似乎把不愉快的事情都推掉了：「我們是來尋開心的。」

她不知道應該怎麼回應才是。

她的視線追隨著搖擺的人，想要獲得證實。

「喝酒，跳舞。」麗華的鼻音濃濃地，「不必管誰是誰。」

原來她看錯了。但她靜默無言。

其實她不應該提到劉總。

近來麗華情緒不好，今天晚上她也是帶著同情的心來相陪的，她問過幾個同事，沒有人願意一起來。

辦公室的人事猶如搞政治。一群人是這邊的，一批人是那邊的，那邊一旦得勢，弱勢的這一邊，表面上沒人出聲，暗地裏的手段無人知曉。

聽到報告宣布，榮升總經理的是劉，靠麗華這一邊的幾個同事，本來感情很好的，忽然全體一致疏離了。平時跟進跟出，都由麗華出錢，大家吃免費午餐，因為謠言很盛，說是麗華要坐的，那個總經理的位子。

她眼見麗華整個人像觸電一樣，癡呆地張大嘴巴。連忙過去站在她身邊，拍拍她的肩膀。

私底下有人忠告她：「你少和麗華站得太靠近，免得劉總不高興。」

她愣愣地：「平時麗華很照顧我，怎麼可以在這個時候……」

怔了一會兒，向來好強的麗華，眼淚倏忽滾下來：「只有你是真的對我好。」

她手足無措，說著毫無意識的話：「沒有，沒有。」

社會經驗不豐富，但也知道現實是怎麼一回事的她，心裏替麗華難過。

「沒有人了解我，世界上沒有一個人了解我。」麗華大概是喝醉了，眼淚抑止不住，邊哭邊說。

她喃喃地回答：「在這個地方，怎麼會找到人了解你呢？」

但要到那裏去找了解呢？

家裏、辦公室、咖啡座、餐廳，或者購物中心？

音樂的聲音淹蓋了一切。

南瓜

宴會在進行中。

整個會場布置得異常堂皇，張燈結綵之外，寬大的廳裏，中間竟然擺著一個巨大的花瓶，劉隆三走進來看見，吃一驚，比人還高，瓶外畫上花樹什麼的，後來聽到有人說，那是清朝的古董，價值不菲，大家連多少錢也講不出來，只知是天價。

大廳左側，請來一隊樂團，劉隆三對音樂不了解，但看到有三角大鋼琴，有人拉小提琴，還有人吹金色的喇叭。

會場上的鮮花，布滿廳堂的每個角落，劉隆三不曉得他們是怎麼做得到的，最近的氣候乾燥非常，簡直是火般的酷熱，這些鮮花卻綻開得亮亮的，彷彿剛澆了水一樣，充滿盈盈的水氣。

表面不露聲色，心裏卻震撼不已。這種像電視電影畫面的地方，原來在這個社會上真的存在。以前他以為是為拍電影而製作出來的場景。

眼看與會嘉賓個個盛裝而來，男的西裝筆挺，女的濃妝艷抹。劉隆三低頭看一下自己的衣服，不禁自慚形穢，趕快隨便找個位子坐下。

坐在角落的劉隆三冷冷地觀望客人們在互相寒喧，禮貌地點頭、握手、問好，每個人手上端著一高杯飲料，沒有誰真正喝，只在遇到人的時候，客氣地啜一口。

他其實不太清楚今天晚上的請柬是誰派給他的。公司裏，他屬於小人物。不是總級或長級的職位的普通職員，通常沒有機會參加這種宴會。

從前他聽到幾個職位比他高的同事，出席公司每三個月主辦一次的交流宴會後，喜歡在公司裏追述他們前一天晚上的情況，什麼來人非富則貴，當天晚上的紅酒味道多香醇，菜式豐富多樣無比美味，是五星級旅館叫來的，他們且認識了哪家大公司的老闆啦等等。劉隆三覺得他們其實不是在回憶或是討論或是閒談，而是蓄意在他面前炫耀。

前幾天，在辦公桌上看到這請柬時，劉隆三雖然驚喜不已，卻悄悄地把請柬收進抽屜，一聲不出。沒有人知道，這次的宴會也邀請他。

公司裏的幾個大頭都來了，劉隆三沒有上前去和他們打招呼，他們的公司很大，職員數百個，他不以為這幾個巨頭會認識他，他不願意上去自討沒趣。

「啊，你好你好。」他聽到站在他前面的人在和另一個人招呼。

「你好你好。」另一個人回答，「好久不見了。」

「可不是，好久不見了。」兩個人說完，另一個人走開去。

站在他前面的人問身邊的人：「剛才那個人是誰？」

「不知道。」身邊的人搖頭，「不是名人啦，出名的我都認識。」

「嗟，早知道不用理他。」

他們一起都走開了。

說實在的，劉隆三最討厭這種人的了，見到重要人物就捧大腳，對那些普通人卻不理不睬。突然有個衣著光鮮的男人走上前來：「啊，你好你好。」

劉隆三左瞧右望，沒有別人，衣著光鮮的男人站在他面前，用力握他的手：「好久不見了，好久不見了。」

劉隆三的手被他握得很痛，只好站起來，淡淡地說：「你好。」

衣著光鮮的男人不走開，反而告訴他：「你不用站起來，你坐吧坐吧。」

劉隆三不知他在搞什麼，聽話地坐下。

「最近公司很忙吧。」男人問。

「還好。」劉隆三因為不知這男人的底細，只好隨便回答。態度不怎麼熱烈，對於一個陌生人，他不太懂得溝通的哲學。

男人討好地點頭微笑：「我回頭再來找你談談。」

劉隆三聳聳肩。

男人走過去，看到一個端酒杯的肥胖男人，小聲地問：「嗨，你看見沒有，坐在那邊的人，肯定是個大老闆，我過去和他打招呼，他還冷冷的不睬我。」

肥胖男人急急轉頭：「哪裏，在哪裏，我也過去打一聲招呼。」

「你不知道他是多麼的低調，衣服打扮也很普通，不過就是態度冷淡極了，通常富家子弟的氣質，都是這樣的。」

「你不要擋著我，我要過去打招呼。」肥胖男人朝劉隆三走來。

整個晚上，劉隆三不知道到底發生了什麼事，一個又一個，看起來就像個大老闆的人，都過來和他親熱地招呼說話。甚至連很多漂亮高貴的女性，也一直過來和他又談又笑。

他的膽子漸漸壯了，開始和周圍的人談笑風生。其實大家都在說著言不及義的話，天氣呀、國際局勢啦、股票市場啦等等。

音樂聲漸漸低下來，宴會就快要過去了，劉隆三覺得自己剛開始投入的時候，散會的時候卻到了。

曲終人散，大家都在外頭等司機開車過來。

劉隆三看見一輛見又一輛入口的名車，把一個又一個老闆載走。有個老闆問他：

「你的車呢？」

劉隆三說：「我坐的士來。」

「什麼？」剛才在宴會裏，親熱地握著他的手的老闆，輕蔑地看他一眼，上了自己的車。

劉隆三突然想起小時候看過的童話，一部豪華的馬車，在半夜十二點的時候，突然變成一顆南瓜。

不知道是誰告訴誰，一下子所有的老闆都知道他們搞錯了，大家看劉隆三的眼神，就像看到一個騙子。

是誰把請柬放在他桌上的？他很生氣，因為他覺得是那個人把他搞成一顆南瓜。

上山

今天的溫度正好，不像前幾日火般熾熱，山上的風不斷地自樹林間吹拂過來，帶來陣陣清涼意，風裏彷彿飄浮青綠色的味道。

「很久都沒上山來了。」蘇曼玲停下腳步，望著遠遠近近的原野和樹林，還有眼前那被樹葉篩落下來的影影綽綽陽光，地上出現一幅又一幅美麗自然的圖案，平日在辦公室裏沉重的工作壓力頓時無蹤無影。難怪徐志摩說，想要醫治生活的枯窘，「在青草裏打幾個滾，到海水裏洗幾次浴，到高處去看幾次朝霞與晚照，你肩背上的負擔，就會輕鬆了。」

在這個購物商場常年互相比賽寬闊和巨大的時代，人們的休閒活動場地都改到冷氣比山上更寒意十足的購物中心去了。假日期間，人頭洶湧的購物商場和冷冷清清的山上相對一比，就非常清楚。

走在蘇曼玲身邊的陳明真笑起來：「是的。我是小學六年級的那年，老師帶我們郊遊的時候，上過一次山。」
「到現在？」蘇曼玲吃驚，「我以為自己半年沒上山，已經算是很久了。」
「我可從來沒到山上來過。」李佳如不以為然，「這一次要不是公司強迫，我才不上來。」
她非常不滿：「這些樹、花、草，山下不是一樣都有嗎？何必特地跑到山上來？有什麼好看？」
「但是……」蘇曼玲要強調的是，山上的花樹，充滿濕潤的水氣，和山下的乾澀景況不同。李佳如不讓蘇曼玲繼續說話，她氣憤自己的時間被浪費：「這樣叫風景優美嗎？沒有人、沒有購物中心、一個什麼都沒有的地方，都不知道來做什麼？」
對山毫無感覺的李佳如繼續埋怨：「老實說，就算在山下，我也從來沒有抬頭看過山。」有點迫不及待，李佳如追問。「老闆說什麼時候可以下山？」
「晚飯以前吧。」陳明真說，一邊點頭：「我覺得還不錯呀。一片綠油油的，從前聽過一個醫生朋友說，多看綠色對眼睛有幫助。」
「而且氣候很涼快清爽。」蘇曼玲深深吸一口氣，「我喜歡山上。」
李佳如雖然沉默以對，卻是一臉不耐煩。
蘇曼玲突然發現李佳如不滿意的原因了：「你怎麼穿一雙高跟鞋到山上來，走起路來豈不是太辛苦了。」

李佳如長得矮小，長期著高跟鞋，已成習慣。「我聽說上山有纜車，也不曉得抵達山上還要走一段路才到老闆的別墅。」她皺眉：「痛得要命。」

「其實山上的風景真是非常漂亮。」蘇曼玲後悔自己這麼長時間都忽略了山，「以後要時常上來。」

「記得不要約我。」李佳如警告，「我一點興趣都沒有。」

陳明真在一邊微笑：「沒關係，我陪你來。」

平時看陳明真說話的神情語氣，蘇曼玲覺得她很愛擺一種超凡脫俗樣，非常惹人討厭，這時又不覺得她造作虛偽。

「我喜歡山上。」陳明真對蘇曼玲微笑，「比山下美麗得多。」

「好。」蘇曼玲瞧望陳明真一眼，她今天好像比較可愛。

掃墳

熾烈的陽光照耀得人的眼睛睜不開，完全不像書上的「清明時節雨紛紛」。劉麗真手上提著水果越走越重，她略後悔：「早知道不要買黃梨和香蕉。」

雙手也沒閒著，滿是香燭和雞鴨等等的黃啟明回答：「清明掃墓拜拜一定要這兩種水果的。」

「華人真怪。」口氣好像自己不是華人的劉麗真，似乎未開口便已知道埋怨屬多餘，自己轉了話題：「天氣怎麼會這麼熱？」她的汗在衣服裏邊若雨流淌，胸口和背部出現兩塊汗水的印跡。

行經一個又一個墓，一條路轉來折去，高低不平的黃土路，周圍不見一棵大樹，兩個人在陽光下不停地走。

「你有走錯路嗎？啟明。」手上的重量令劉麗真忍不住暫時停下腳步，「今天怎麼那麼遠？」這不太符合她的記憶。

但她知道自己的記性不好，因此只能皺眉無法多言。陽光把皮膚炙得像要爆裂，從農曆年那個時候開始，陽光就變了樣，是白天的沙漠那種酷熱。

「依嗚——依依嗚——」向來重聽的劉麗真不能相信，她在這個地方這個時候聽到音樂聲。

「是誰？掃墓還帶了錄音機來？」她左望右瞧，試圖尋找聲音的來源。剛剛在路邊停車時，靠近大路旁的墳墓，人還挺多的。往山坡上走了大約十分鐘，站在高處往下探望，到處仍然是綽綽人影，不過，高高的墳地裏，除了長高的青草和一座座墳墓，掃墓的人似乎都走光了。

她遙觀仰望，覓不著聲音的來處。

炎熱的陽光下，風突然吹掠起來，彩色的冥紙在整個墳地上飄飛，還有燒過的金銀紙灰燼。那些彩紙是掃墓時，拿來壓在墳上用的。可是大概壓得不穩，風一吹，漫天飛舞，煞是好看。

氣候熱得人冒汗，天也白亮亮，陽光照耀得刺人的眼，卻不知道為什麼，那些遍地飄掠的彩紙讓劉麗真有點害怕。她猶豫：「啟明，你肯定是從這裏走上去嗎？」前後左右四顧一下：「前年來的時候，路好像不是這樣的。」

「我記得這邊有個小土地公廟的，沒錯啦。」黃啟明對土地公點頭，又朝前走。

去年他們出國探望在國外念書的孩子，清明時候來不及回來，打電話托親戚幫忙買水果來燒香。看著黃啟明肯定的步伐，劉麗真只好把擱在地上的水果再提起來，跟在他背後。

音樂聲又復出現，似遠似近，幽幽地，那旋律是二胡的哀怨。

「奇怪。」劉麗真問黃啟明，「你聽到嗎？」

黃啟明沒注意：「什麼？」

「有聲音。」劉麗真說，「音樂的聲音。」

「你少胡說吧。」黃啟明為劉麗真的幻想皺起眉頭，「這裏全是墳墓，哪會有音樂？」

「真的。」劉麗真做側耳傾聽的姿勢，然後說：「是二胡。」

「真的？」一個上午找不到父親的墳墓，黃啟明開始不耐煩，聽到劉麗真的堅持，更加一分怒意。「真的你告訴我聲音從哪裏來？」

劉麗真仔細聽著，非常認真地指著前邊：「那邊。」

意氣用事的黃啟明說：「好，那我們找你的音樂聲去。」

因為黃啟明的惡劣態度，劉麗真也很不高興：「好，你跟我來。」

劉麗真這回走在前面。不過兩分鐘，黃啟明就後悔了。手上提的東西太沉，他不得不投降：「算了。」

這時劉麗真又不放過他：「不行，你跟我走。」

「你傻的嗎？」黃啟明不是嘲笑她，但語氣卻很像，「提那麼重，是要去掃墓的，你別節外生枝吧。」

劉麗真往前走的腳步不停下：「音樂聲就從前邊來的。」

「但是，」黃啟明仰望前邊，「那裏，那裏不可能呀！」只有墳墓，不見一人，怎會有音樂聲？「我們還是去找父親的墳墓吧。」話才說完，劉麗真在一旁提醒他：「哪，這裏不就是嗎？」黃啟明一看，墓埤上刻的字，不正是自己在尋找的父親的墳墓？

一陣寒意從他背後竄上來，冷到他頭頂上去。天空黯暗下來，太陽被烏雲遮蔽了。黃啟明覺得有點詭異，父親生前，最喜歡二胡。他不出一聲，蹲下，慢慢把香燭和雞鴨擺好，劉麗真得意地說：「不管有沒有音樂聲，總算找到你父親的墳墓了。」

這時黃啟明側耳傾聽，說：「咦，好像有二胡的聲音，你聽到嗎？」

劉麗真燃起香，罵他：「你神經呀？是有聲音，風吹的聲音，」然後埋怨：「風那麼大，燭都被吹滅了。」

洗頭

……但氣息和味道卻在形銷之後仍然長存，就像靈魂，雖然無形，卻有更大的生命力……

——普魯斯特

每天早上睡醒首件要事，一定是洗頭。

江天美喜歡乾淨頭髮帶給她的蓬鬆感覺，還有洗髮精的氣味。可是她已經三天沒洗頭了。缺乏洗頭的情緒，寧願讓頭髮扁扁，像一片大餅貼蓋在頭上。

「看起來好醜。」

「是。想當醜小鴨。」回答李怡紅的時候，她任性地，恃著是老朋友。李怡紅沒見過她如此扁平的頭，繼續建議：「為何不去美髮院讓人代勞？乘機享受一下嘛。」

「不懂享受的人是傻瓜，但是誰知道他們的前一個梳子用戶是誰呢？」江天美有氣無力地說話，臉上有摒除不去的憂郁。

做出受不了的表情，李怡紅稍稍嘲譏地：「這就是憂心忡忡的原因了嗎？」

一副不太想說話的江天美卻又接下去：「說有潔癖亦可以，真實情況是，不愛和別人共用非常私人的用品。如此而已。」

這話和她某天晚上同蔡振全說的一模一樣。

聽到江天美婉轉的解釋，蔡振全非常明白她在暗示些什麼，沒有接腔，只是無奈地對她苦笑。

李怡紅不再睬她：「算了，才不管你，那麼髒的頭髮，男朋友不跑了才怪呢。」

「三天沒洗頭算髒？聽說有人一個星期才洗一次頭髮呢！」江天美哼地一聲。

「如果你覺得可以一星期一次，誰會罵你啦？」李怡紅笑，「那你就向那人學習吧。」

夢過的早晨，醒來總是恍惚，頭也隱隱作痛，和某個不為人知的部位的傷痕一道疼痛起來。頭痛欲裂的江天美撫著胸，室內靜寂無聲。夢中的她在擁擠的人群中觀看一場軍樂隊表演，挽著同伴的手，快樂地笑著時，參與同樂會的所有人驀然全往前走去，剩一街的荒涼，只有愈來愈遠的音樂聲在風中蜿蜒地飄竄，揚起一地的廢紙屑，陪她一起去觀賞的人，本來握著她的手，也在瞬息間不見了。恐慌地她東張西望，就是找不到回家的路，佇在無人的街道，她不知該對何人訴說自己的害怕。

前些日子還有蔡振全聽她發牢騷，自從她不再接聽蔡振全的電話以後，日日清晨來的電話，已經不再響，熟悉的聲音也成了遠去的淡白影子，在光陰的層疊下，益發模糊不清，似乎多年以前曾經發生過一些事，又彷彿從來沒有這回事那樣的曖昧。

鏡裏的人像是在和潮流競爭，一把濃黑捲長的頭髮，削剪得薄薄短短，還聽從那十分女性化的美髮師的話，染了層次不同的紅黃色，而且不再每日清晨洗頭了。

她聽過蔡振全罵別的女人：「好好的黑頭髮為什麼要染得變成外國人呢？」

聰明的女人變愚蠢，因為遇到一個她心儀的男人，為了他留長髮，為他日日洗頭，又為了同一個男人，短了頭髮，染了顏色，一個星期洗一次頭。

只是因為他娶的是一個短髮、染色並且一星期洗一次頭的女人。

記得有一次，亦是在清晨時分，多夢的她自夢中醒來，感覺沈甸甸的頭很有重量，那是一個惡夢，夢見蔡振全離開她。

後來電話響，她在電話裏同蔡振全說：「都是你都是你，一聲不響就離開我，讓我不停地哭了一個晚上，現在頭好痛。」

「永遠，永遠不會離開你。」蔡振全給她許諾，然後教她：「去洗個頭吧，洗好頭就不痛了。」

他的話，對她，是萬靈丹。

她洗好頭，給他電話：「真的，頭不疼了。」

每天電話或者見面時，說的無非是別人聽起來，無聊無意義的生活瑣碎。

兩個像傻瓜般的人，認為這樣便鮮麗了豐富了他們蒼白虛無的生活。

「生命因而發光。」蔡振全低聲說，「前邊的歲月是虛擲了。」

江天美一字不漏，毫無懷疑，全盤接受。

洗完頭，頭髮濕漉漉，江天美沒有急著去用吹風筒，她開了風扇，門戶緊閉的室內，有洗髮精的味道在流連。她終於發現一個事實，乾淨的原來不可能是記憶。反而在聞著洗髮精的味道時，黯然的她懷念起和她也用同一個牌子的他的頭髮的味道。

一切是否已經成了曾經的過去呢？

唯有她和她的心知道，她多麼盼望重新回去每天清晨洗頭的日子。

每個清晨一睡醒，有句古詩就在腦海盤旋：「燕子樓頭霜月夜，秋來只為一人長。」

分段的夜，中斷的夢，讓夜變得悠長。

有人花一生去尋覓，苦苦追求，只為了想找一個相知相愛的人，只不過，有時候，費盡心機和時間，也不一定會找得到。

隱約的熟悉的香氣，幽幽地回蕩在室內。那不只是味道，是一些游移徘徊在味道裏應該消失的，關於渴望和妒忌記憶。

多日不在清晨響鬧的電話，在江天美頭髮未乾的早上，突然大聲地響了起來。

閒聊

下午的會議因為老總有事延期，但大家並沒有因此而提早下班，反而圍坐一桌紛紛在揣測著老總不來的原因。

號稱情報員的劉智生，消息來源最多最快，所以大家都問他：「聽說是為了一個女人，是不是真的有這回事？」

「既然大家那麼感興趣，我就說出來吧。」

劉智生要說不說的，惹得聽的人罵道：「說就說，還什麼說出來吧。」

吳永南性子最急，說話也快：「你知道就告訴我們，別賣關子嘛。」

「我都說要說，你們還一直說。」劉智生這一點最討人厭，總是吞吞吐吐的，偏偏他的消息比新聞記者還要靈通，只好讓他表演一下。

他總會開始的。

等到大家都把視線朝向他望的時候，他才咳幾聲。

「的而且確，是為了一個女人。」
「哇哇哇！」吳永南怪叫起來。
這也難怪，大家都知道老總是老實人，不論是衣著打扮，處世待人，老總是一貫的誠懇實在。在每個人心裏，老總已經與老實畫上等號。
「真的嗎？」有人懷疑。
「不要亂說哦。」有人輕輕地責備。
卻也有那一說就相信的人：「無風不起浪嘛。」
又有那附議人加一句：「人是不可貌相的。」
「原來老總的老實是裝出來的！」
「靜靜不吠的狗，咬人最痛的了。」
「看他好像不可能做出這種事……」
沒待話說完，有人接下去：「這種事有時是由不得人的。」
有人笑：「都說男女之間的事，是不能理喻的。」
吳永南好像想起什麼，突然說：「難怪啦！」
立刻有很多聲音追問：「難怪什麼？難怪什麼？」
「啊！」吳永南拍一下手才說話：「我前兩天看到老總和一個非常年輕漂亮的女人在一家飯店的門口經過，我還以為自己看錯人呢！」

「嘩！」有人叫起來，「想不到老總年紀一大把，還艷福不淺唷！」

「現代女人，還理你年紀大不大，最重要是錢多不多！」有人似乎有感而發。

「話又說回來，老劉，你可以講清楚一點，到底是怎麼一回事嗎？」

頭腦清醒的人，提出這樣的一個問題。

劉智生笑瞇瞇地：「這個女人嘛……」

每一個在聽他說話的人都伸長脖子，等待他的下文。

「在老總的生命中，是非常重要的！」劉智生下的結論，換來眾人的驚呼聲。

「是誰？」

「她到底是誰？」

劉智生笑得得意：「老總的女兒從美國回來，要辦婚事，所以老總忙得不可開交，今天的會議延期正是因為如此。」

「唏！」聽閒話的人一下子都散開了。

「一點都不精彩。」

穿過小巷

當我遇到這樣子的事，腦海裏產生的第一個念頭是一句成語「見義勇為」。從小老師教導我們，有人欺侮弱者，作為男人的我們要當仁不讓，勇敢伸出援手；最近剛讀完一本中國大陸出版的《記者手冊》，內容說明一個記者應擁有的道德良知和揭露社會黑暗層面的勇氣的重要性。其實我一走進小巷子就後悔了。剛剛從銀行提款機按了一千令吉出來，錢包裏又收著昨天按的一千令吉。最近太多搶劫案，翻開報紙，今天的新聞和昨天的舊聞相同，全是搶劫、殺人。真懊惱自己一條腦筋轉不過來，以為車子停在小巷一轉彎的地方。但是，一走進小巷子，我就後悔了。

報紙和雜誌在搶劫案新聞報導旁邊，往往註明：「為自身安全，不要走小巷子。」偏偏鬼使神差，這回我卻一腳踩了進去。

一走進小巷子，我就打算退出來，沒想到，裏邊早有三個人在那兒拉拉扯扯。兩個男人和一個女人。

兩個男人兇狠地對著女人粗聲說：「你跑不了的，識相的乖乖地跟我們走吧。」他們聲音雖然壓得低低，我卻聽得非常清楚。

我一走進去，他們抬頭看我一眼，我想回頭已經來不及，只能盡量低頭，腳步迅速地向前直走。

女人哭泣的聲音很悲慘：「放了我吧，你們放了我吧。」

一步步朝著他們走去，一心盼望兩個男人不要再看我。

我完全明白他們看我以後不理我的原因。他們根本沒有把我放在心上。

我的健康向來不好，天氣一熱就咳嗽感冒，天氣一冷就流鼻涕，因此長得又瘦又小，身高只一百四十六公分，體重四十三公斤。在學校演話劇，每次要演女人，都是我當反串的角色。

我曾經多次在心裏暗暗發誓，有朝一日，我要做一個偉大的男人，讓所有瞧不起我，輕忽我的人看一看，我並非像他們眼中所看到的那種「小男人」。

女人哀求的語氣，清楚地傳到我的耳朵裏：「求求你們，求求你們放了我吧！」

我越走越靠近，越靠近越害怕，腳步越走越快。

經過他們身邊，兩個男人不理我，一人一手捉住那年輕女人：「少廢話，跟我們上車。」

「你再嚕嗦，我就不客氣了！」

女人出力掙扎，以哀求的眼神看我，我假裝沒看見，刻意轉過頭，不讓那兩個男人注意我。其中一個男人用力刮了女人一巴掌。另一個把她雙手扭到後面去。那個女人痛得啊啊啊大叫。

女人被他們捉上車子去了。

而我，終於穿過那條小巷子。這個時候，發現自己滿頭，滿身大汗。我覺得自己勝利了。錢包和褲袋裏各一千令吉都還在，我安全地穿過一條小巷子，我的兩千令吉完全沒有損失。

坐在車裏，我趕快鎖上車門，喘一口大氣。

他們的車以極快的速度，越過我的車開走了。

今天我真幸運。我將褲袋裏的一千令吉，放進錢包。這兩千令吉，打算去買一個比較好的攝影機。

剛被報社錄用為攝影記者，需要一臺好攝影機，才能拍出理想的照片，令新聞價值倍增。我的目標是當一個成功的攝影記者。

（穿過那條小巷，是六年前的舊事。不知道為什麼，每次在拍攝新聞圖片時，那個受侮辱女人的眼神一直在我心裏晃動，我很恨她。我很恨她，因為這些年來，那天下午的「女人受侮辱事件」像一張拍攝得清楚而成功的照片，不斷地在我腦海裏清晰地出現，而她，讓我感覺受侮辱的人是我，讓我感覺我——穿不過那條小巷。）

不要回頭

她出門的時候，花過一番心思的。

沒有辦法，已經快到四十歲了，朋友們都說：「咦，你看起來好年輕。」說這句話的人奇笨無比，偏偏好多人愛說，以為是悅耳動聽。

你看起來好年輕，即是說，你本來應該是老的，只不過看起來不是。

時光不留人。是的。當她在鏡子面前細細地描，慢慢地上顏色的時候，她就清楚了。

最好的化妝，她當然懂，就是花上一個小時，或者更長的時間，最後顯露出自己一副好像不曾上過任何顏色，沒有精心描畫過的臉孔。

這是越來越困難的挑戰。粉上了臉，像隨時要脫落，因為愈來愈多的皺紋和日漸粗大的毛孔。但仍舊要堅持以奮鬥精神去與時間對抗。

因為要見的人是他。

從一開始，二十年前吧，她心目中最重要的人物，就是他。

他知道，或者不知道？

當年這一點自然是非常重要，希望他明白，希望他了解，但是，歲月確實不居，二十年，一晃眼，也這樣過去了。

一邊塗口紅，一邊想：「要是他明白，要是他了解，那麼憂愁會更深刻吧。」

是的，難道不是嗎？

如果他一切都分明清楚，卻依然步伐瀟灑地輕快離開，這一份傷痛豈非越發淒悲愴惻？

帶著懺悔的心情打電話給她，帶著懺悔的心情去赴約。

當年他完全明白她對他的感情，卻還是選擇另外一個女人。

年華流失後，才逐漸領悟，這是一份椎心的殘忍。

當時光流轉，他驚覺她的影子還在他心裏游移。

潺潺而去的光陰已教會他，愛情不是一件容易的事。

在無意中，他辜負了一個愛他的女人。

耿耿於懷的他，離婚後從英國回來，四處探聽她的消息。

終於找到她，終於見到她了。

「咦！」他奇怪，「我記得你是不喝咖啡的。」

「是的。」她淡淡地說，「那是很久以前的事。」

時間像小魚，悠悠瀟灑地游了過去，粗糙的石頭在水裏浸蝕，最後也變成滑不溜丟。

其實他不是衝動，只是因為在腦海中浮遊得太久了，所以沒聊上幾句，那些充滿歉意的話出口變得順理成章：「我對不起你，當年我不應該……」

她卻沒有讓他說完，中途切斷他：「一切都過去了，是不是？太久的事，有些我已經忘記。」

她的微笑顯示她愉悅的心情，似乎真的沒有一絲絲哀傷或者淒切。

她慶幸剛才所花的時間和精神都沒有白費。在那麼多年不見以後，一見面他就道歉，表示她在他眼中，心目中，還占有一席之地。

這樣就夠了。

他是重要的，那是在很久以前。

今天，句子應該這樣寫：「他曾經是重要的。」

父親和魚

阿麗到機場去迎接自彭亨到斗湖來的父親。

父親一年到訪一次。他自怡保乘計程車到吉隆坡，再由吉隆坡飛哥打京那巴魯，然後轉機到斗湖。長途跋涉的原因是想念他那個獨生外孫志明。

聽到志明一聲聲：「阿公，阿公！」他就開心。

看見父親從機場走出來，阿麗非常高興。結婚當時，丈夫還在彭亨州的家鄉，沒想到一年後，因為做生意，他們從西馬的中部搬遷到東馬，和父親相聚的時間變少了。

從小並沒有和父親特別親密的阿麗，見面時，也不習慣表達那深埋在心中思念和牽掛，每次接機時，就是淡淡地喚一句：「爸爸。」

父親看到女兒阿麗，也是快樂的，臉上卻嚴峻冷肅，只在喉嚨裏深深地「唔」了一聲。

「阿公，行李讓我來提。」長得高大的外孫志明上前來把行李接過去。

父親微笑：「志明又長高了。」

阿麗在旁邊說：「今天是他開車來的。」

「啊！考了駕駛執照？」

「是的。」志明燦爛地笑，「阿公，這回我可以載你到處去觀光。」

「好呀。」他欣慰地點頭，心裏對阿麗當年不聽話，不多生幾個孩子的事仍舊不能釋然。

一抵家阿麗就到廚房去交代傭人開飯。

和外孫談笑甚歡的父親，一坐下來，看到桌子上的菜，臉色僵硬地不講話。

阿麗有點奇怪，她急急解釋：「偉成說不必等他，公司的事很忙，他中午一般都不回來吃飯。」

父親的臉色依然陰沉，阿麗對老人家的不諒解，覺得無奈。

一頓飯唯有志明輕鬆愉快地說話：「阿公，我等一下載你去看新建的一個寺廟，幽靜又乾淨，草地很寬闊，你一定喜歡。」

「好的。」父親只挾他前面的菜，阿麗趕緊把桌上那盤煎得香香的魚推過去：「爸爸，你最愛吃的。」

「我最愛吃的？」父親詫異地看她，「誰告訴你的？」

是的，誰說的呢？

從前三幾角錢一公斤的小魚，如今已經漲到一公斤三令吉，雖然用油煎得香脆，配飯或粥，都很可口，但是，華人一般都很少購買，認為是賤價的海鮮。

阿麗記得非常清楚，二三十年前，在家裏，最貴最好令全家小孩搶著挾在自己盤裏的菜肴，就是這種小魚。她時常因為爭不到而哭。父親就罵她：「你怎麼那麼愛哭？」淚眼朦朧地看著兄弟姐妹盤裏的魚，她的盤裏一隻都沒有，她只能抽抽搐搐說不出話。

往後，每次父親一說要來，她就至巴剎去尋找，務必找到這種小魚，她要讓父親吃她心目中認為最美味的魚。

「我以為……爸爸愛吃。」阿麗一句話分三段說，「我們家以前常吃的，爸爸忘記了？我……我從小就很愛吃。」

「原來……」父親的眼睛潤濕了。

他每回看到阿麗飯桌上的小魚，就氣恨這個女兒對遠道而來的父親太小氣。每當他在怡保告訴朋友要去斗湖探望女兒，朋友們就羨慕地說：「斗湖的海鮮，是全馬最便宜最好吃的，你的女兒一定大魚大蝦招待你。」

這時他把小魚小口小口地咀嚼著，一再重複：「是的，很好吃，很香，很好吃。」

然後各挾一只放在他們盤裏：「志明，快吃呀。」
「阿麗，你也吃呀。」
似乎連阿麗不多生幾個孩子的事，他也諒解了。

節日晚餐

侍者把甜點捧上來了，表示晚餐快到吃完的時候。

他用小湯匙挖一口橙黃色的布丁，甜中帶酸，是芒果味的，他不喜歡芒果。如果是他叫的，他永遠不會選擇芒果，但他太太喜歡。太太從來不理會他到底喜歡什麼，包括飲食。

開始的時候，他告訴過她。她說嗯，還點頭。他就安心地等待。等了數十年後，他就知道，當她說嗯，還點頭，表示她聽到，也許她真的是已經知道，但並不表示她從此就會依隨他的意見。

她從不理他的喜惡。

或者用不在乎他比較恰當。

有一次，他開口了，「我不喜歡芒果味道。」

「都把最好吃的叫來了，你還想怎樣？」太太聲音輕輕的，也不生氣。

他沒有水準。這是太太的想法。好吃的他嫌不好，不好吃的他才喜歡。像到這種五星級的酒店吃晚餐，他說何必，某條街頭的什麼什麼炒麵條煮米粉更美味，她就是不能忍受他的不求上進。現在是什麼身分了，還坐在街邊的破桌子旁吃大排檔，要是遇到人，成什麼樣子？

她要訓練他，要讓他出去外頭不讓人輕蔑。

她實在是受不了他的隨便。從前窮，沒關係，現在做生意賺了大錢，他還是和從前一樣。衣服不選名牌，穿拖鞋也出街，車子說可以用就好，公事包還提著殘舊的那個，居然說沒有破損，何必換新的。

太太堅持的時候，他當然也聽話，但她曉得他有怨言。她不理，只要他聽話就可以了。

無論衣食住行，太太全要講究。那麼多名牌，她也認識不完，反正選最貴的就是最好的。可能不是最好，但是讓人家看到，聽到那行頭那名字那排場，知道那價格，臉色馬上換成尊敬和羨慕，就是正確的選擇了。

他一匙一匙地，終於把芒果布丁吃光了。

他不喜歡，但不習慣浪費。

侍者即刻過來問：「請問要咖啡或茶？」

他不要咖啡，也不要茶。

太太回答，兩杯咖啡。

為什麼叫咖啡？他不明白。兩個人都不喝咖啡的。

現在流行咖啡。太太的選擇都不是沒有原因的。

黑色的，苦味的飲料，一點也不可口。他啜著，不想喝完，但是那未免太可惜了。

「以後不要叫咖啡給我。」他張開口，但並不知道自己沒有把話說出來。他聽到太太說「嗯嗯」，看到太太點頭。但他完全知道太太以後照樣會叫給他。

苦咖啡終於喝完了。

可以走了吧？他一點也不明白為什麼好好的在家裏吃飯不要，傭人說家裏已經煮了湯和麵，但太太非到這五星級酒店來吃一餐那麼貴的，不好吃的晚餐。

太太說因為今天是情人節，人人都在慶祝。明天去上班時，辦公室裏有人會問的。

情人節？他從沒聽過。他和太太甚至連情人這個階段都沒有經過，相親後，雙方家長說好，他們就結婚了。

付賬以前，侍者拿了一束花過來：「祝你們情人節快樂。」

太太微笑地接過來：「謝謝。」

他問這是什麼花？

太太微笑對他說玫瑰。

太太在別人面前和他說話，都是帶著微笑的。

「拿來做什麼？」他不明，問。

「回家吧。」太太說，站起來。

「一點也不好吃。」他低低地，聲音倒是發出來了。

她向來不重視他的意見。這回也不例外。

「走吧，回去了。」

他跟在太太後面，告訴自己，回去吧。

花月浮影

喧鬧亢奮的音樂像被火燃燒著的滾熱炎燙，她的耳朵彷彿可以感覺到火焰的旺度和張狂，一向來文靜優雅的她，雖然仍舊若無其事的微笑，一顆心卻啪啪啪地跳得比平時迅捷。

旋轉的燈光旁若無人地飛快交換著各種不同的燦亮顏色，人的臉孔因此也映照得綺幻艷麗，在舞池裏搖動的人群使勁地跟著歡暢的旋律起伏擺蕩，繽紛的舞場成了眾人注目的焦點。

他們的座位在黯暗的角落處，當同事們紛紛攜手投進舞池裏時，坐著的她不安地左瞧右望，眼睛和心都處在緊張的邊沿。

他問：「你不跳舞嗎？」

「我不會。」她低下頭，聲音軟弱。

剛剛從談話中，她發現，所有的同事裏，好像只有她一個人不會跳舞。

他安心地鬆了一口氣：「啊，我以為只有我不會。」

她很高興：「哦，原來你也不會。」

兩個人找到共同點，刹時間表現輕快喜悅。

「太吵了。」他站起來，腳一跨便坐到她身邊：「說話都聽不到。」

「唔。」她同意，但有些暈眩的感覺湧上來。

在她還沒有回神過來前，猝不及防地，他伸出雙手握著她的手，擱在他的心口上，熱烈地問：「你，感覺到嗎？」

「什麼？」沉重囂攘的音樂大力地撞擊著她，轟轟聲像來自外邊又似乎發自她的心底。

雖然她在他的辦公室也有兩年了，但他們從來沒有靠得那麼貼近過。

上班時間都在一起，然而談的全是公事，交代這個囑咐那個，皆是客客氣氣，帶有一段距離的。

他是她的上司，很久以前，幾乎是進來當他的女秘書不久，他的影像就已經開始悄悄地烙入她的心底深處。

這是一個天大的秘密。

她沒有對任何人說起，甚至是主角之一的他。

一切都收藏在她的心坎裏，穩穩當當地包紮著，緊緊厚厚地掩飾著，原因非常簡單，他們彼此都沒有資格給對方任何盟約和承諾。

他已經有了家庭。

她也已經有了家庭，一個深愛她的丈夫，一個她疼惜的孩子。

如果她表示什麼，就有兩個幸福美滿的家庭將會被破壞。

她沒有阻止自己的感情，因為不能隔絕也不能斬斷，她只能無助地默默戀愛著他。

起初她有些悲傷，有些惆悵，有些痛苦，有些焦急，怕他知道，又怕他不知道。她無言地承受著這些情緒的折磨和凌遲。後來她看過一篇文章，作者在文章裏說：「愛一個人，可以不必讓他知道，只要看著他快樂，看著他過幸福的歡悅日子，就替他高興，自己也會同樣高興。」

這樣的愛情似乎非常偉大，而且有點遺憾。

日子過去，她漸漸想通了，遺憾有時候是一種悲絕的美麗。

她也學習作者一樣，靜悄悄地戀著他，根本不必讓他知道，更不必讓其他人知道。

這份愛，埋葬在心中。每天見到他，有一份甜蜜湧上來，中間雜著一份酸楚和惘然，淡淡的。

她有時揣測他已經知道了。

因為在她和他說話的口氣，對待他的態度，不經意間她總會流露出特別的溫柔和體貼，如果他是一個有感情的人，不應該察覺不出來的。

但他不曾表露過。

她在工作得眼睛累了的時候，抬頭下意識望向他的桌子，時常發現，他正癡癡地望著她，看到她的視線朝他望來，他卻低下頭去了。

是刻意在逃避她嗎？

但此時他卻毫不顧忌地拉起她的手，放在他灼熱的胸口。

他為什麼突然鼓起勇氣了呢？

是環境？氣氛？製造了他的勇敢？

或者是他再也抑止不住自己了？

鼻子有一股酸意，就快衝到她的眼睛裏，她深深地吸了一口氣才開口。

「沒有。」她堅決地回答，「我沒有感覺到什麼。」

載浮載沉的希望在瞬息間完全沉了下去。

他充滿期待的眼神倏地黯然無光。

閃爍的顏色燈光猛然暗下來。

舞池裏的人紛紛回來了。

兩個人再沒有機會說別的什麼。

鏡花和水月，浮光和掠影，都是最美麗的。

回家的時候，看到深夜還在等她的丈夫，還有已經睡著了的孩子的稚氣的笑容，她惆悵地微笑。

支離破碎的家庭不只是兩個人的不幸。已知結局悲愴和無望的戀愛，不如不要開始。

這一份感情如果進入發展和延續的階段，反而會加速結束的到來。

人生總有一些夢，是永遠不能實現的。

讓暗戀繼續暗戀下去好了。

咖啡約會

「好，下午三點，就在『上格』咖啡屋。」

對他一再的邀請，她終於妥協。

他是在兩年前開始邀請她，一起去喝咖啡。

那時他們剛認識，他聽說她愛啜咖啡，馬上提出約會。

她拒絕了。

有一本書上寫：「對不喜歡的男人，不要給他甚至只是一線的希望。」

她沒有特別喜歡或者不喜歡他。

他確實有不錯的條件，事業有基礎，人也風趣，而且溫柔。

因為捕捉到他深情款款的眼神，她有點害怕。

有些感情，不要開始。由於擔心自己無法處理妥當，無論是誰受到傷害，都非心中所願。

而他，並沒有為她的不斷拒絕，而死了心。

越是虛幻難料越捉攫不住的女人，男人興趣更是濃厚，益發迷戀難捨。

也許他認為鍥而不捨的堅持會是愈煮愈熱的水，可以溶化她凍得如冰一般的心，所以他每個星期都來一通電話，探索新的訊息。

也不多說其他，只是同一句話：「什麼時候有空，我們一起喝咖啡。」

她一貫不冷不熱：「啊！最近比較忙。」

這是一種變相，間接的推辭，任誰都聽得出來。

他不是不明白，但他無法控制自己對她的傾慕。正如那隻數萬元的名錶，擱在櫥窗裏，他每天路過就會慢下腳步，癡癡地瞧望。

連他自己也在意料之外的是，這個邀約居然綿纏不斷，持續了兩年。對自己的毅力和恒心，他抑止不住，苦笑。

而她竟會答應，在那個瞬間，他以為自己聽錯。

記得去年為組合一個拼圖，他花了一整年的時間，最後那幾張永遠拼不上，有一個下午，突然靈感來了，整張拼圖在剎那間完成，他鬆了一口氣，沉默地瞧望完整的圖案，觀看良久，並無想像中那份巨大的成就感。

一個願望拖得太久才得以實現，那份快樂會縮得很小。

當然他不曉得，她之所以驀然答應，是由於占據在她心中的那個男人，已經被她驅逐出境。

一樁感情事件，從生到死，必有其因。但她什麼也不會對誰說。

只是，男人不在心上，一陣突然襲來的孤獨和寂寞，非常深刻，蝕人。

等待了兩年，他從熱烈到冷淡，不過是由於心不甘，情不願，所以繼續打電話，繼續提出約會，一種變相的習慣。

把電話放下，她抬頭一看，是上午十一點。

後悔令她在吃午餐的時候，食不下嚥。

難道身邊沒有男人，日子就過不下去嗎？她悲哀地嘲笑自己。

他經過一番考慮，打了一個電話給表妹：「幫我一個忙，裝作是我的未婚妻，我要讓一個曾經拒絕我的女人，感受一下失望的痛苦。」

他帶著表妹，在咖啡屋等了一個下午。

她，始終沒有來。

離婚晚餐

電話響起來的時候，我正在洗頭，本來不想理它，但電話那頭的人一定是非常固執，它停了兩次以後，仍然繼續那鈴鈴的呼喚。

「是我，薇薇。」蘇薇薇明快地說，「明天晚上，陪我和陳祖榮吃飯。」

「我是你的菲傭嗎？」我嘲諷她。她那口氣，不是請客而是強迫。

「你一定要來，我們終於協議離婚了。」蘇薇薇說得像她不是當事人。

「要我做見證人是不是？」我沒有吃驚。蘇薇薇和陳祖榮兩個人，婚後老是在吵架。每回吵完，蘇薇薇就來找我訴苦。她的苦，我聽起來都是芝麻綠豆，但他們兩個就是有辦法吵得起來。還有離婚這兩個字，在蘇薇薇口裏是家常便飯，幾乎已經成了她最愛用的口頭禪了。

「正是。」蘇薇薇不知道是不在乎或者聽不出我口氣裏嘲諷，「所以你一定要來。」

「喂！你到底在說什麼？」我總得打聽清楚，她說得那麼含糊。「又說吃飯，又是離婚？你是要我往哪一個方向走？餐廳或者律師樓？」

「先到餐廳。」她明白清晰，「明天晚上。是我們離婚前夕的晚餐。」

我嘆氣，他們兩人簡直像在演戲。「你們這是搞什麼？」

「搞分手呀！」蘇薇薇一絲悲傷的情緒都沒有，彷彿離婚是中了彩票一樣快樂的事。

晚餐居然選擇在城裏新開大酒店的中餐廳。

就我們三人。

「她非要離婚。」陳祖榮叫的菜，沒有點苦瓜，但他的臉部表情卻像是剛咬了一塊。

「是他要的。」蘇薇薇卻又推卸責任，還對她將要分手的丈夫說得像在撒嬌。

「他根本都不愛我。」

我看一下他們兩人的臉，然後低頭吃魚。

我最愛吃魚。

「我不愛你？」陳祖榮似乎被人冤枉了般，低聲喊叫。

「要不然為什麼你聽到我說離婚，就說好。」蘇薇薇噘嘴問。

「既然你都不珍惜我對你的感情，我為什麼要硬硬拉住你不放？」一個大男人，講話倒像受委屈的怨婦。

「哼，你不留我，自有留我的人。」蘇薇薇卻像有大把男人在等她挑。

「你走好了，天下間難道沒有別的女人了嗎？」陳祖榮的嘴巴也很硬。

我吃飽了，抹嘴，然後說：「你們繼續吧，我先走了。」

「不，我和你一起走。」蘇薇薇說。

但她絲毫沒有要起身的動靜。我提著手袋，自己走了。

第二天，我打電話給蘇薇薇：「今天去律師樓嗎？」

蘇薇薇笑得開開心心的說：「我們言和了。」

我照樣沒有一點驚奇。像這樣的事，去年總共發生了十多次，這是今年的第十一次。我到今天仍然未婚，只能在心中懷疑，也許這是現代夫妻鞏固彼此感情的其中一個手法。

門的後面

許多次夢裏，一個人，走在長長的廊道上，兩邊都是房間，不過門是關上的。長長的廊道上通向沒有盡頭的路，朝前直走，聽見自己走路的聲音，似乎是高跟鞋的咯咯咯，單調的步聲，但腳上穿的卻是跑鞋。

非常奇怪的夢，一直走，沒有人，明明是密封的長廊，卻有風呼呼地吹過，頭髮揚起來，裙角也飄著，心裏毫無一絲恐懼感覺。

總是來到同一個房門外，站著，遲疑一會兒，然後想伸手推開那道白色的門，手伸出去，剛摸到門的那個瞬間，就醒過來了。

重複太多次，一下子醒，怔怔地，不知道自己究竟身置何處。

時常走進同一個夢裏，像在重複做同一件事，非常熟悉的場景，熟悉的聲音，在熟悉的時間就醒轉，從不曾見到門開以後房裏到底是有沒有人，醒來以後便楞楞地自己想像，門後，究竟是怎麼樣的一個地方？

劉醫生聽完何明麗的夢，問她：「你是否對自己的未來沒有信心？」

何明麗冷笑：「任何時候，我都可以一個人面對。」

「但你卻害怕推開未知的房門。」劉醫生仍然面無表情。「長長的廊道是人生的路，兩邊的房間是生活的支節，關上的門裏邊是你的未來。你的鞋的聲音來自你的心裏，因為你穿的是跑鞋，但人生永遠往前走，所以走路的聲音不會放過你。密封的長廊有風，那風也是從你的心裏吹出來的，你說你不害怕，因為所有的場景你都熟悉。但是，你永遠也沒有機會推開那扇門，事實上你不敢，你對未來仍然缺乏自信。」劉醫生輕輕地分析何明麗的夢和她的性格。

「錯了。」何明麗用同樣的冷冷語氣對醫生說，「長長的廊道是工作的路，兩邊的房間關著工作，在關上的門的後邊是我永遠處理不完的公事，我的鞋的聲音是工作的時候不得不穿的高跟鞋，那聲音是我恨的，它跟著我到我的夢裏去。我喜歡跑鞋。長廊的風是辦公室裏的謠言，永遠不停息。」她說到這裏，頓一頓，嘆息，聲音低下來：「那個房間，那個房間就是我人生的夢，人生總要有一些美麗的夢，因此我不可以推開，當我推開我的夢的房間，我的夢就會永遠消失。」

劉醫生愕然，明知道不可惱怒，卻冷冷地問：「既然你什麼都知道，為什麼你還來找我？」

何明麗的眼淚流了下來：「我從來都不想做一個什麼都知道的女人，但是你們男人卻什麼都不知道，什麼都不懂，只會自作聰明。」

「你的時間到了。」劉醫生面無表情地說，「下個星期同樣的時間見。」

何明麗站起來，眼淚還掛在眼眶裏，什麼話也沒說，出力地推開那扇門。

下個星期同樣的時間，她照舊來找劉醫生。

傷心的人

她抽幾口煙，就喝一口酒。

「你再這樣把空氣弄得烏煙瘴氣，我就走了。」我警告她，「不吃肉的話，你至少吃點菜呀。」

她對著桌上的菜和肉搖頭。

似乎有恃無恐地，照樣抽幾口煙，喝一口酒。

對她這樣自暴自棄，我很生氣，但沒有真的走掉，只是嘆息，仍然坐在她對面。

「你真的要走，就走吧。」她的眼睛紅紅的，像盈滿了水，快溢出來，但又沒有。

她明知道我是在威脅她，所以我只好自己投降。

「再陪你一下。」我說，做出閒閒的表情，遲疑地說：「回去也沒事。」

「立強在家。」她好心腸地，「回去回去，別讓他一個人等太久。」

我搖頭，沒有看她，瞧著咖啡廳的門，期盼有認識的人走進來。

生活太寂寞，日子太孤獨。隨便有個誰都好，可以陪我們聊天的就可以了，話不投機也沒關係，一個人講幾句，讓時間容易過去。

她做出好像是真的不在乎的樣子：「反正我已經習慣一個人過日子，總要習慣的嘛。」

生活在一個群體的社會，看似熱鬧喧嚷，但卻是浮在啤酒杯上的泡沫，大家都是一個人在過日子。

「還是你的立強最好。」她把煙圈吐在空中，喝了酒，揉熄煙頭，重新開始點燃另一支煙，再喚來一杯酒。「因此你不需要煙，也不需要酒。」

我微笑。她已經太悲傷，我不想刺激她。

她舉起新喚來的酒，問我：「你知道這叫什麼嗎？」

我喝我的白水，點頭回答她：「知道，這叫做酒。」

「不。」她嚴肅地，正經八百，「你錯了，這叫忘情水。」

原來她是靠酒來抵抗悲傷的侵襲。

「幸好。」她把酒杯貼在她的臉頰，「幸好世上有忘情水。」

眼淚從她的臉頰流下來。

不知道在哪一本書裏，作者這樣寫：「只因世上多金庸的絕情谷，所以世人才渴望忘情水。」

只不過，有些記憶，是你的影子，貼身隨你一生一世。

「我真羨慕你！」她用手背擦眼淚，「真羨慕你。」

把酒乾了，她再要喚侍者，我勸她：「別再喝了。」

她眼睛朦朧：「你不會懂的，你是幸運的人。」

「不不不，立強已經搬走三個星期了。」我在心裏喊著。

一直在微笑，因為有些傷痕不想讓人看到，如此而已。

手錶心事

一群人在美味的香氣裊繞中燒烤吃喝。紛紛擾擾地熱鬧得像沒有告別的晚會，只有池芳華從開始到現在什麼也沒有吃，僅是一逕喝酒。

「幾點了？」在聚會時永遠像午夜十二點以後還不趕回家，馬車就會變化為南瓜的趙少雯問。

雖然趙少雯不是對著池芳華提問，但是，池芳華卻下意識看一下手錶。

「咦，怎麼才六點二十分呢？」池芳華心裏詫異。

紅橙艷麗的夕陽早就朝著山的那頭墜落下去。暮靄也漸漸在黯暗幽深的夜色中沉澱，最終溶進隱蔽郁森的濃濃黑夜裏。

她抬頭，剛剛還模糊不清的圓月這會兒正亮燦燦地照耀著大地。

同事每年的聚餐會，總愛選擇月圓的時候，愛讀古書的同事感性地說：「但願人長久，千里共嬋娟。」

似乎非常多情的樣子。然而每年總有新人進來，也有舊人告退。聚餐會也往往是送舊迎新的聚會。

「才不過九點零五分罷了。」有人回答，語氣是捨不得散會的依依。

啊！她的手錶壞了。

衝上她腦海的第一個反應是：「不可能的。」

手上的腕錶，是瑞士的牌子，廣告上標榜著「一個手錶，讓你用一生一世」。當初她之所以選擇這個牌子，就是因為它的廣告。

「一生一世」，多麼美麗而充滿誘惑性的承諾。而且之前她也聽過許多朋友對這品牌的錶讚不絕口：「款式漂亮，並且耐用。」雖然這是一個貪新不戀舊的時代，很多人買東西，只注重外表和包裝，市場也越來越多即用即棄的物品一再出現。可見得新新人類講究的，竟已不是能不能持久耐用來作為挑選的準則，更討人喜歡的是美麗奪目的外形。

池芳華不否認自己以前購買手錶的標準亦是膚淺若此。只要看起來漂亮新潮，她掏錢時就是沒有猶豫，豪爽大方地美麗幾個月後，便毫不心疼地隨意丟擲拋掉。然而，這個手錶的意義對她來說卻是不同的。

去年二月十四日未到，郭子軒已經先對她說：「今年要送你一個特別的禮物。」當然池芳華非常興奮。她的幻想像天馬行空，心情緊張地等待著情人節的到來。站在手錶店的玻璃櫃前，郭子軒在她耳邊說：「讓我每一分鐘陪伴你。」甜蜜的情話令人陶醉，而且寧願長醉不肯醒。

所以她選擇一對可以用一生一世的手錶。一個是男款，另一個是女款的。郭子軒和她，一人一個，同樣的款式。

「每一分鐘，記得你，記得我。」別人聽來肉麻可笑，情人聽來悅耳動心的話，就叫做情話。

郭子軒把手錶替她戴上：「每一分每一秒都在滴答，滴答一聲就是一句我愛你。」

愛情小說作家在書上說：「海誓山盟不可靠，美麗動聽的情話，只有在說的當時有效。」

讀到這句話的時候，她和郭子軒已經分手了。

情緣和人生的所有際遇沒有不同。正如海浪般，有起有落。看不透這一點，唯有日夜將不堪的痛苦細細咀嚼。

華美的夢境已經越來越遙遠，伸手不能及，郭子軒也變成滾燙炙人的名字，一聽到便是一陣痛，但她依舊不捨得把手錶丟棄。

因為每天都戴在手腕上，洗手時候也不脫掉，錶帶已經漸漸蝕了色，原本亮閃閃的金黃顏色在褪逝後，像逐漸落色落得有點花白的舊時衣服。

她的意外是名牌的手錶居然會越走越遲緩。

雖然郭子軒和她分手也有一年多了，她也用盡方法想從這一份褪色的感情中抽身而出。白天由於繁重工作和忙碌，身邊人聲沸騰，暫時遺忘還算比較容易辦到。可是到了晚上，雖然倦怠疲累，一上床，在夢裏，郭子軒仍然像從前，隨意在她心上夢裏，腳步瀟灑地來去自如。

這一個逐日在落色的手錶，別人看著不起眼，對她卻意義深長，分量沉重。有時候她也懷疑郭子軒可能早就在和她分開的當時，已經把一對手錶的其中一隻男款的，毫不在乎地丟擲到角落甚至垃圾箱去了。

從前她曾經輕視過不能面對現實的人，對於將自己停留在往昔的時光而不願意向前走的人。她嘲笑的時候沒有想到自己有朝一日竟陷在此種困境中。

一隻死了的手錶，表示它再也沒有用途。

和同事聚會的隔天，她在午餐時間把手錶拿到錶店去。

「咦，還有電池呀。」錶店的職員聽到她投訴，以為是電池的壽命到期了，試一下，告訴她。

「幫我修理好嗎？」她留下手錶，「明天我再來。」

錶店的人搖頭：「這種牌子的手錶，不能修理的。」

池芳華刷地蒼白著臉：「不能修理？」

「那怎麼辦？」對著大力點頭的錶店裏的人，池芳華一副手足無措的姿態。

錶店裏的人惋惜地說：「是的，它的設計是把錶殼整個套上去，打不開，就無法修理。」

「聽說這個品牌不是那麼容易壞的呀！」明知無望，她還在努力爭取。

「是的。」錶店的人同意，突然他略帶幽默地笑了：「也許它想回去從前的時間吧，所以一天比一天走慢一點。」

眼淚沒有預告地，驀然地掉下來。

原來善解人意的手錶也知道這一年多來她蒸騰的心事。

十字路口

雨像粉絲一樣地灑落，細細的，行人的腳步瞬息間匆促起來，而車子也彷彿增多了，路上即刻阻塞不通。

梁家雯佇在店裏，眺望著車如流水馬如龍的畫面，呆呆地不知道在想什麼。

徐瑋茹走近她身邊問：「家雯，怎麼不說話？下雨令你想起什麼？」

緩緩地搖頭，剛自家鄉出來的時候，什麼也不懂的梁家雯領教過徐瑋茹的多嘴，她不敢再把心事向她透露。上回不過是一句話，徐瑋茹似天女散花般撒種子，手一揚，話語就四處散播，結果，謠言像灑在肥沃土裏的瓜樹，長得繁榮茂盛。

這是一種很好的教訓。雖然大家都是同事，但梁家雯從此極少對徐瑋茹說知心話。知心話是對知心人說的，她為自己的幼稚付出代價是值得的。

這時她在想的是：「為什麼有些人可以坐在豪華大房車裏吹冷氣，有的人就得擠在人群中揮汗趕路？」

「是在豪華大房車裏吹冷氣？或者是在擁擠的人群中趕路？」周維群說，「我從來不強迫人的，你自己選擇。過兩天我給你電話，你再答覆我。」

每天上下班，心情和腳步同樣緊張地追趕著擁擠的輕快鐵。看著毫無表情或者是厭倦疲憊的臉孔，無色無味的日子彷彿清楚地映照在那些無精打采的人的臉上。前途就在輕快鐵的軌道上，來回往返都是景色相同的一條路。

有顧客推門進來了，她打起精神迎上前。

那是店裏的常客，也是著名的歌星彭意珍。臉上永遠是無瑕可擊的化妝，衣服奢華艷麗，珠寶閃亮耀眼。在這種經濟不景的時刻，她好像沒有受到一點影響，也毫無一絲畏懼。

「怕什麼？」上回她來選購衣服時，也是珠光寶氣，徐瑋茹在她走後，冷冷地用蔑視語氣說：「身上首飾被搶光了也沒關係，最多不是再買另一套，反正冤大頭多的是。」

出手大方的彭意珍，試了幾套衣，微笑地點頭：「唔，都不錯，替我包起來。」甚至說：「同款式的也沒關係，我喜歡，不同顏色的全都要。」

她拿出金卡，梁家雯看見那個數目，居然花了兩萬多元，不過是幾件衣服罷了。

「我幫你拿到車上去。」徐瑋茹一副諂媚模樣。

老闆娘周太太說過，生意做成，她們兩人可以抽傭百分之十，每人可分得一千多元哪！不是每個客戶都是那麼爽快的。

車子由司機開著，在店門口等待，穿著那麼合腳舒服的皮鞋，連多走一步也嫌遠，只見她笑盈盈上車去了。

「哼！」徐瑋茹轉過頭來，似乎已經忘記彭意珍是帶錢來的財神爺，「神氣什麼？誰不曉得她是某人包的二奶。」

梁家雯沒有回答。

幾個經過的上班族，也許躲雨吧，在玻璃窗外，對著模特兒身上剛套上去的衣服指指點點。店裏的衣服，全是名牌貨，一般人是買不起的。

她的手提電話響了，拿起來一看，是周維群的號碼，沉默地望著，電話的音樂持續地響，她不知道要不要接聽。

為錯乾杯

「為我們今後所犯的種種過錯，乾杯！」我舉起酒杯說。

紫紅色的酒真漂亮。尚未入口，光是看著，已經為它的顏色陶醉。

「啊！說得真好。」他笑起來，「是，人生誰無過？不錯，只要一天還活著，人的確會繼續犯錯！乾杯吧！」

他一口便讓酒杯空了：「杯底不許養金魚！」

「為未來的錯乾杯！但是別誤會，這話非我創作，只是借用海明威的句子。」我說明，不願掠人之美。

要乾杯，因為好想醉一醉。前半生還未真正嚐過酒醉的滋味。

據說有人酒醉會哭，有人會笑，有人會罵人，有人會睡覺，有人會因此而沉默無語，有人會滔滔不絕地說個不停。而我，擔心自己醉後出醜，所以小心翼翼。

況且每個人都想讓自己的秘密永遠是秘密，萬一醉了酒，把收藏在心裏的事一五一十全洩露出來，那真是太可怕，酒一醒，肯定懊惱後悔。

喝酒是常有的事。每回節日或喜慶，同事相聚，都會喝上一兩杯，但總有限制，因為清楚自己酒量不好。

「佩服海明威，不僅是諾貝爾獎，或者《老人與海》寫得好，而是他敢於講真話。」他有所感慨，「我們都想逃避過錯，希望不要犯錯，然而考慮周詳，也有意外。」

「自古聖賢皆寂寞，因為他們沒犯錯吧。」我笑得有點苦，「怕寂寞，所以寧為凡人，莫為聖賢。」

他修正我：「聖賢非不犯錯，而在於有錯能改。」

「人生一趟，是來修行，不斷犯錯，不斷改過，讓自己從中汲取經驗，今日比昨日更好，日子一長，遂成聖賢。」我不能不繼續嘲弄自己：「像我這種人，修行永遠修不行，明知喝酒不好，還是不停地喝，一而再對自己和別人許諾。下次吧，下次不再喝了。」

說完，對自己笑，把酒乾了。馬上感覺醺醺酒意襲上身，正是希望如此，半醉半醒，人輕飄飄，所有沉重的心事皆浮升上空中，令人暫時忘記煩惱。

誰要做聖賢？

「再來一杯。」我喚來侍者。

「原來你也和我一樣平凡！」他也笑起來，「有時候，明知是錯，還是繼續錯下去。要改？誰不懂要改，只是能知不能行。」說到後來他嘆息。

「弱者。」我嘲笑的是自己，「能知而不能行，則是不知也。」

「不如不知。」他逃避的是現實。「為不知再乾杯。」

我何嘗不是？於是再來一杯。

每日下班，要約個人一起去喝酒，最容易事。

人人心中皆有一道不為人知的創傷。痛楚一日日堆砌，加深擴大，最終累積至沉甸甸，不堪載，縱然淚滴如雨，也沖不去。

唯有杜康能解憂。

不知悔改不是不知錯，這才叫痛苦。

想一想，你不是也一樣嗎？

明日還要去喝酒，你來不來？

唱片日子

一、唱片

唱片是一張黑色的圓盤子，就是那麼一張圓圓的，黑色的盤子。在盤子上有一條條的幼細紋線，一條又一條的滿滿都是幼幼細細的紋線。當唱針放上去，它便循著那一條條的幼細紋線走轉，一直一直都是循著那些條條細線，在回繞旋轉旋轉回繞著。

每一次唱針一放上去，它轉動出來的聲音，都是同一首歌，同樣的一首。不會更快，不會更慢，從不更換速度，只是照著那紋線在一條條的旋繞，回轉。從不改變，只要唱針擱上去，轉動出來的歌，總是同樣的那一首。

那首歌，重複了又重複，還是那一首歌。

那張唱片的那一首歌，不斷地不斷地重複。

重複
不斷地
又重複
重複著的
仍然是那一首歌
那
一
首
歌
重複
永遠
在重複
再重複

二、時間表

6 am：起床，刷牙洗臉，上廁所，換衣，叫孩子先生起床，整理床鋪。

7 am：做好早點，吃，洗，孩子上課，先生上班。
8 am：掃地抹地撣塵。
10 am：菜車來到門口，買菜。
11 am：做菜，準備午餐，洗盤碗。
12 noon：看報紙。
1 pm：煮午飯。
2 pm：孩子先生下課回家，吃午飯。
3 pm：吃水果，洗碗碟，收拾飯桌。
4 pm：收衣摺衣燙衣。
5 pm：檢查孩子的功課。
6 pm：準備晚餐。
7 pm：吃晚餐，水果，收拾飯桌。
8 pm：看電視聽新聞。
9 pm：整理隔天孩子先生要穿的學校制服校鞋校襪及上班衣著。
10 pm：上床看一下書報雜誌。
11 pm：睡覺。

一星期換洗一次床單、吸塵、上超級市場購日用品與水果、擦窗、送孩子上鋼琴課、聲樂課、書法班、補習班、圖畫班。

一個月交一次水電費、電話費、報紙雜誌費、孩子的鋼琴費、補習費、圖畫費、聲樂費、書法費、車費。換洗被單、客廳沙發椅墊套子。

星期一的時間表如上述。

星期二的時間表如上述。

星期三的時間表如上述。

星期四的時間表如上述。

星期五的時間表如上述。

星期六和星期日的時間表略有更換，添加了一星期與一個月做一次的工作，其餘則如上述。

三、日子

日子是麻木不仁

日子是複印機

日子是前一天與後一天的交疊

日子是一成不變

日子是再沒有奢望
日子是今天
日子是明天
日子是昨天
日子是後天
日子究竟是什麼？
日子早早
早早就已經
已經變成
變成一張
一張唱片
唱片

四、遺書

我不要再做一張唱片

「卷二」

幻想電話

流浪的幸福

秀群從很遠的地方寫信來。「終於離開我討厭的城市，再也無法忍受無時無刻的噪音、各種自以為是的人際關係。現在住的小鎮，正是我幻想中的世外桃源。房子有許多窗口，從窗子可以看見不遠處有個荷花池。莫內晚年繪的荷花池，被當代的一些人誤會，以為他是眼睛壞了，白內障在那個年代無法開刀呀，才畫出那些奇怪的顏色。不過，當你在不同的時間正視荷花池，光影交綽之際，莫內荷花池的色彩便出現了……」

秀群首次離開家鄉的時候，給我寫來的信，我還保留著。我不是喜歡保留舊物品的人，我更喜歡丟棄那些對我無用的東西。古董的收藏是某些人的固執嗜好，卻非我的，我沒法對一切老和舊的東西產生新的感情。只不過，秀群的信裏，有某部分是我的感覺，所以我收到今天。

「我終於離開這個令人厭惡的鄉下，再也受不了農村的味道，家畜的排泄物到處皆是，沒有自來水，沒有電，那麼不方便也得苦苦忍受。閒言閒語大大方方在周圍流轉，籠罩下來也百口莫辯。住在城市充滿安全感，誰也不認識誰，陌生的好處是不必搭理甚至最靠近你的鄰居，管他是什麼人……」

我準備給她回信。雖然當年我給她回信以後，她大約是在忙著適應城市生活，根本沒回信給我。可是，總是在一段時候，可能數個月，或者半年，甚至一年，秀群會想起給我寫封信。

生活的巨獸吞噬閒逸。日子套一雙風火輪在飛馳。大家見面皆有同感，偶爾想起一個朋友，突然打個電話去，他不一定有時間陪你聊天。幾乎所有的人都跑到網絡上去自說自話了。

親手寫的信變得異常珍貴。

我心裏常常記掛著，秀群給我來了信。有一點點空閒，比如下班在塞車的路上，聽到許多噪音的當兒，比如去剪頭髮時翻著雜誌看見有荷花池塘的圖片時，都會突然想起，還有一封秀群的信未回。

就是這樣，一年也滑溜過去了。

連賀年片也省下，不是錢的問題。電腦網絡裏寄電子卡，省下到郵局去排隊的時間。秀群沒有給我她的電子郵址，我替她解釋，既然她要恢復原始生活，對於現代的電腦網絡不會有好感。

日子是繩子，捆綁在人的身上，生活缺乏喘息的空間。想到秀群在鄉下觀賞荷花池的那份悠閒，生出無限羨慕，雖然我還存活在噪音和複雜的人事關係裏，然而秀群的選擇叫人要妒忌。

人生的不如意就是你永遠在過著你不想過的日子。

我的嘆息落到地上，彈回來撞到我的眼睛，痛得眼淚都掉出來了。

秀群又來信了：「荷花池裏，雖然顏色豐富多姿，卻只是光影的幻象，那池水，竟是靜止不動的。小鎮的人也一樣，大家都那麼得意和滿意於他們眼前的生活，每天毫無變化，太可怕了。生命就這樣一天一天平淡地被縮短，沒有生息，死水一般，不不不，我要離開這樣死氣沉沉的地方。」

人一直在流浪，因為嚮往著遠方，因為所有的憧憬幸福都停留在其他看不見的地方。

我決定給秀群回信，等我有空的時候，但她的地址不知道是不是同樣的那一個呢？

袋中的鈕扣

「咦！」她在整理衣服的時候，發現一件舊上衣的口袋裏，有一顆鈕扣。

於是，她先從這件袋裏有鈕扣的舊上衣開始，再到衣櫥裏的每一件有鈕扣的衣服，一件件仔細地查看。

找不到鈕扣脫落的衣服。

看來，這鈕扣不是從她的衣服上面掉下來的。

圓圓，有兩個線孔，乳白色，是一顆普通、不起眼的鈕扣。它是什麼時候掉落，然後擱置在她舊上衣的口袋裏頭的呢？

衣櫥似有爆滿的傾向。她在一個週日下午，坐在房間裏，計畫將已經不穿的、或是穿不下的，或是不喜歡而從沒穿過的衣服，理出來，送出去。

這件舊上衣，已經許久都沒穿，為什麼口袋裏會有一顆鈕扣？

什麼時候擱放在裏邊的呢？她一點印象都沒有。

「是你的嗎？」她拿出來，到廳裏去問常年對著電視的丈夫。

他的眼睛並沒有離開那個充滿聲色光影的小箱子：「什麼東西？」

「鈕扣。」她放在掌心，把手掌伸到他面前。

他隨便瞄一眼：「不是。」

這是她預測的答案。她一共預測兩個答案，另一個是「不知道」。

生活在一起已經二十多年，後來的這十幾年，她拿給他看的東西，他通常什麼也看不到。

說實在的，僅僅一顆舊鈕扣，是沒必要到處去尋找它原來到底屬於哪一件衣服。

她只要把鈕扣隨手一丟，便什麼煩惱也沒有。但她為那件缺了一顆鈕扣的衣服擔憂。

鈕扣的作用是把衣服扣緊，不讓人看見隱在衣服裏邊的身體。少了一顆鈕扣，衣服便有個缺口。那不只是缺失，一不小心，還會讓人看見那個洞開的缺口和身體。

每次出門，她無論是單獨或者和丈夫一起，都很注意自己，包括丈夫的衣服是否通通都扣得好好的。

應酬的時候，宴會的時候，聚餐的時候，不管何時何地，她永遠笑意盎然，衣著整齊，打扮得無暇可擊。

認識他們的朋友，都稱讚，羨慕他們的幸福。

「快二十五年了吧？鑽石婚，穩固堅硬哪，周年紀念別忘記請我呀。」
像某銀行的廣告，因為穩如泰山，所以安全。
安全的婚姻，令人放心，像扣上鈕扣的衣服，什麼都不會讓人看見。
可是，手上有一顆不知道從哪裏掉落的鈕扣。
她想一想，過去打開丈夫的衣櫥，一件一件衣服拿出來查看。
「咦！」果然讓她找到了。
她將少了一顆鈕扣的衣服拿出來，配一配，掉的確是手上的這顆鈕扣。
她安心地吁了一口氣，有大功告成的欣悅。
晚上再叫工人縫回去。
她把衣服從衣架上脫下來，突然，一顆鈕扣從丈夫的衣服的口袋裏掉出來。
「咦！」那是一顆米黃色，三個線孔，方形的鈕扣。

等待的咖啡

坐在咖啡店裏，看門口行人熙攘走過，聽鄰座兩個衣著新潮的女孩對腳步匆忙的行經路人品頭論足，肆無忌憚地邊說邊笑。

青春，做錯事，得罪人依然可以被原諒。唯一的理由已經十分充足，因為年輕人不懂事，不必同他們計較。

曾經享受過這種目中無人的特權，無需妒忌。

（等待的人一直沒有來）一小口一小口啜著喚來的咖啡，捧讀一本《如何品嘗一杯咖啡》的書。

就連在沖泡的不同階段，咖啡都能產生不同的香味。剛開始是像生咖啡豆一樣的生澀，接著才漸漸轉為香醇。拿來一杯剛泡好的咖啡，應先聞香，再觀其色，待色澤清澈後，才能帶來清爽圓潤的口感。

喝咖啡要小口品啜，先含在口中令咖啡，唾液和空氣稍微混合，同時仔細且以內心去感覺咖啡在口腔不同部位的感受，才輕輕讓咖啡進入腸胃之中，這是結合嗅覺、視覺、味覺的品味與鑒賞，如此才能真正體會出咖啡的精華之所在。

（等待的人一直沒有……）已經分不清，是因為太喜歡畢加索的繪畫而愛上咖啡，或者是先被咖啡迷惑了，才戀上才華橫溢的畢加索。

其實所有的戀愛，戀到最後，皆成為終其一生的追憶。

誰也留不住誰。

然而牽腸掛肚、刻骨銘心、朝思暮想、念念不忘、魂牽夢縈，從前都以為僅是文人筆下的誇張形容詞，世間絕無此事。

原來，嘆息，原來那些感覺居然可以是真實的，像針刺到肉人很痛的那樣的真實。

（等待的人一直沒……）

「真高興與你相遇。」劇中的男主角對女主角說。

「真高興與你相遇。」劇中的女主角對男主角說，「雖然你說這句話是騙我的，但我仍然要告訴你，真高興與你相遇，真高興與你相遇！真高興與你相遇！」一聲比一聲更高，一聲比一聲更大聲，一聲比一聲更痛。

「真高興與你相遇。」後來劇中的男主角託另一個男人，把這句話再一次重複。

「他是對你說的。」男人把這話轉述給女主角。「真高興與你相遇。」一直在暗戀女主角的男人是否順便也把自己的心事給透露了嗎？愛情有什麼奇怪呢？不過是你愛他，他不愛你，他愛你，你不愛他。

啊，這正是愛情之所以吊詭之處。

從此以後，在女人的一生中，就算單獨一人落寞地在擁擠的人群中踱步，也時常面露微笑。因為光靠這樣的一句話，已經足以維繫她對他永遠的愛情。

在千瘡百孔中，有一個角落是完美無缺、亮麗奪目的。

（等待的人一直……）

泡咖啡的小姐小心地沖泡著熱氣騰騰香味綿延的咖啡。

她先在燙過的杯子裏倒咖啡，然後再注入打得起泡的熱鮮奶，最後連奶泡也倒在咖啡上邊。

是誰喚了和我同樣的拿鐵咖啡？啜著，染了一唇的白色泡泡，像長了白色的胡子一樣可笑。但那濃郁的香，還有苦苦的味道總是令人戀戀不捨，時刻緬懷。

先得能夠欣賞那種強烈的苦，才能得到依依的難忘。

（等待的人一……）

「你看，你看。」鄰座的小女孩忽地低聲喚她的朋友。

我看到了，另一桌只坐單身一人的黑長捲髮的女人，對著她喚來的拿鐵咖啡，流著撼動她自己心事的眼淚。

「加了眼淚的咖啡，是什麼味道呢？」小女孩問這話時猶可微含笑意。

她的朋友也帶笑回答：「又苦又甜吧。」

「不！」小女孩大笑說，「是苦上加苦才對。」

兩個女孩繼續樂開懷地咭咭咭大笑。

沒有經歷過的事，發生在別人身上，大家把它當成笑話在流傳。因為世間上有一種痛楚是可以忍受的，那就是別人的痛。

（等待的人……）

我把剩下的已經冷卻的咖啡一口喝光了。

（等待的……）坐在咖啡店裏，看門口的行人熙攘走過。

（等待……）

（等……）

淒厲的決定

他約我見面的時候，我考慮了很久，沒有出聲。

他在電話那頭靜靜地等，大約有一分鐘，追問：「好不好？」

「可是，那天下午我有一個會議。」我說著拙劣的藉口。

他似乎依然看得透我的心事：「是幾點？」

「三點。」這回我講真話。

「那我們三點之前走吧。」

就這樣決定下來。

本來我以為，這次會有所不同，然而沒想到，一切都沒有改變，又是由他做的決定。

關了電話，我很懊惱。

說要離婚的那天晚上，也是他帶我出去吃飯，還選了我最喜歡的日本餐廳，叫我最愛吃的蕎麥素麵，吃完以後，他說：「我愛你。」我的欣喜還沒有過去，他又說：「但是，我也愛真惠。」

真惠？我真想高聲抗議，她是我的好朋友呀！

「那怎麼辦？」我居然傻傻地問他。

他的臉色有點蒼白，卻嚴肅，又鎮定，似在說著旁人的事：「可是，她有了孩子。」

這算什麼意思？我依然不明白。「你說呢？」

「我們離婚吧。」他沒有激動地說。

那一段時期，我心裏充滿了恨，眼睛裏充滿了淚。

結婚是他的決定，離婚也是他的決定。我究竟扮演什麼角色？一個聽話的配角。

我對自己的順從非常生氣。

可是，今天卻又聽他的話，來到離辦公室不遠的咖啡廳。

他說有話要對我說，非對我說不可。

而我為什麼要借他我的一雙耳朵呢？我好氣恨自己優柔寡斷，應當果斷地對他說不不不。

他曾經深深地傷害過我，我卻還言聽計從。

我真笨呀。我一面罵自己，一面推開咖啡廳的玻璃門。

他已經在裏邊等我了。

「咖啡好嗎？」他說。

「好。」點了頭，我才想起不要聽他的話，但是侍者已經走開了。

算了吧，本來我就愛喝咖啡的。

整個咖啡廳裏，飄浮著香醇濃烈的咖啡香味。一個低低的女聲在哀哀怨怨地哼著，旋律動人，卻聽不出她在說些什麼。

求婚的那天，他就是在這樣的環境下提出要求的。我是心腸太軟的女人，處在如此美好的氣氛中，說不出拒絕的話。

「你知道了吧？」他沒頭沒腦問一句。

「知道？」我愕然，「不，我不知道。」

他垂頭喪氣：「原來，真惠肚子裏的孩子不是我的，孩子出世以後，她就跟另一個男人走了。」

嘴裏的咖啡差點噴出來。「什麼？」

我想大笑，多麼滑稽的事呀！

「我……」他有話說不出來的神情是苦澀的，「實在是沒有想到。」

是。我心想，我明白他約我出來的原因和目的了。

「你願意幫我的忙嗎？」他問。

「不。」我大喊。

我真高興，終於做了自己的決定。

他也太過分了。真惠生了一個不是他的孩子，兀自跟別的男人走了，他就轉回頭來找我，想要求我回去？

「不。」我再一次更大聲地吶喊。

當然我不會在他一開口就馬上隨他回去的，除非他……

「但你是她的好朋友，她會聽你的話，這回你一定要幫我的忙，去向她要求，告訴她，我不在乎，只要她回來，我一切都不放心上。」

啊！為什麼想像和現實總有如此遙遠的距離？

我的心再一次掉在地上，摔成碎片。

「不！」這回我喊出來的聲音，非常淒厲。我真是太高興了，終於是由我做了決定。

水雞的謊言

陽光漸漸柔和下來，氣候轉涼的黃昏，天空彩滿燦爛金黃的晚霞，許多不同的鳥類喜歡選擇這時間出來遊玩。

樹林裏的腳步聲並沒有讓它們產生恐懼，這些年來，同樣的時間同樣的步聲，它們已經習慣。無憂無慮在青翠碧綠的林間，優遊自在地鳴囀和飛翔。林徑邊的溝渠，長滿不知名的野草，缺雨的時候，只有一點點水的溝渠，竟看見游魚在裏頭快活地躦來躦去。

無意中發現水溝裏有魚時，興奮莫名。樹林彷彿因這一條小水溝而充滿活力，水溝則因為有一些小魚而充滿生氣。兩個人心情閒逸又帶著驚異的喜悅佇在溝渠邊，從布滿水草的底下，尋覓姿態美妙而行動敏捷的小魚。

有人經過也無暇理會，因為魚兒的遊姿令人感覺快樂寫意。

數天後，一個衣著襤褸的男人，蹲在溝旁，手上拎個魚網，在溝裏不停地撈著。

在他身邊，有個塑料桶，一看，哦！他是個豐收的漁夫哪。

「你撈這些魚來做什麼？」和我一起運動的人問。

「我養很多花羅漢，這是給牠們吃的。」撈魚人說。

從前讀生物鏈，覺得無奈，可不得不接受。這個循環是人生的真相哪。面對現實的此時，心裏難受。

無限懊惱和後悔地問一起運動的人：「是不是我們幾天來都在這裏觀察小魚，結果引起他的注意？」

「也許。」他也不能否定。

兩人雖無意，卻做了幫兇。

這當兒，水邊突然出現一隻白面水雞，行動快捷無比，一閃，即刻躲到野草叢中進去。

「啊！」豐收的撈魚人，高興地喊一聲。

「怎麼啦？」他問。

「咦！」撈魚人說，「你不知道嗎？這種水雞，可以捉來燉補吃。」

「不是吧，很多人說，誰要是靠近這水雞，會走霉運。」

「沒聽過。」他不相信。

「真的，有一次我的朋友捉到一隻，放在車裏，開出去，還沒到大路，就撞車了。」

他的臉色出現懷疑：「是嗎？」

「另外一個朋友，說要去捉水雞，才看見牠，還沒開始行動，竟掉進溝裏，一隻腳折斷，送到醫院，住了很久。」

掙扎的眼神，嘴裏卻要強地努力肯定：「不會的，哪有這樣的事？」

「這些都是真實，我騙你做什麼？」說完我們就走開了。

回頭一看，他還蹲在溝邊撈小魚。

「你的故事編得很精彩，他會相信嗎？」我問編織謊言的人。

「希望。」他嘆息。

原諒他。說謊，只是在彌補心裏的不安。

溫柔的陽光

傍晚的陽光被影影綽綽的樹葉篩下來，灑在人身上已失去中午的熾烈威力。

劉秀月緩緩地走到花叢間的長椅子坐下。周圍有許多不同顏色的花兒，她叫不出它們的名字，除了大紅花和向日葵之外。但是，不知名的花，聚在一起相約同時綻放，絢艷明媚地把花叢妝點得很漂亮。

喧囂的笑鬧聲從花叢旁的遊樂場傳過來，劉秀月抑止不住將觀賞花朵的視線投向他們。穿白背心的小男生在蕩秋千，兩隻腳在空中愉快地晃著。兩個頭髮捲捲的小女孩坐在翹翹板的兩端，一模一樣款式的衣服，外表相似，是孿生女。多好呀，劉秀月聽到她們歡喜，像鈴鐺一樣清脆的笑聲。另一邊有幾個孩子在溜滑梯，也是咯咯的笑。半圓形的梯子沒有獲得孩子們的青睞，被冷落在一旁，只有風輕輕吹過。

自從十二月以後，劉秀月幾乎每天黃昏到公園來。她喜歡坐在花叢間的椅子，看孩子們歡欣喜悅玩遊戲。

遊樂場裏有幾個媽媽聚在一起聊天，她沒想過要加入成為她們的一分子。她只愛在一邊看孩子們玩。孩子們胖墩墩的豐滿手腳、圓圓的喜悅笑臉、歡欣的稚嫩話語，世上最美麗的風景。

媽媽們開始遇到劉秀月，覺得她很怪。一個人，不帶孩子，老是觀望在玩耍的孩子。初初稍有提防，並以懷疑排擠的眼光注視她，後來發現她無惡意，仍舊覺得這個女人有點驕傲，單獨一人坐著，完全不理別人。她們也不願意向劉秀月伸出友誼之手。

關於這一點，媽媽們曾經討論過：「我們先來的，這個地方。」

「可不是，她是後來才出現的呀。」

「就是，要做朋友，讓她先開口吧。」

人和人之間，溝通並不難，然而，彼此都不肯先微笑先點頭先說一聲「你好」，就失去了認識和交流的機會。

冷漠形成習慣，她們一來，自然齊聚一個角落。對於劉秀月，她們表面不聞不問不和她打招呼，事實上私下常小聲在說她的閒話。

「真奇怪。一個女人，什麼也不必做。」

「是呀。不必忙家事也不必去辦公，每天就這樣坐在這裏浪費時間。」

「也許是人家的小老婆吧？」

「不像哪，樣子又不年輕也不貌美，哪有資格？」

「神情倒很驕傲，對人不瞅不睬。」

「好像高人一等的樣子。」

「什麼嘛？就一個普通女人，做出那副高高在上模樣。」

她們最後議決不理睬她。

這些媽媽帶孩子出來玩，卻比孩子更興奮。坐在一塊東家長西家短，沒理會孩子們在玩些什麼。她們其實比孩子更期待每天黃昏到公園來閒聊的這一段時間。

被媽媽們看起來冷漠高傲的劉秀月，根本沒注意有人在批評她。她一心放在孩子們身上。

其中一個捲髮小女孩突然從翹翹板上翻下來，劉秀月衝過去的奔跑速度快如子彈，「啊！」的一聲，她喊得比跌倒的小女孩更響亮。

當她把小女孩扶起來，小女孩因痛楚和驚嚇，哭得很大聲。

那群媽媽一起轉過頭來，看見劉秀月站在女孩面前，女孩在哭。

一個年輕美麗的媽媽先過來，其他媽媽也跟著她一起走前來。

「你在做什麼？」年輕美麗的媽媽口氣非常緊張。

「是呀！」其他媽媽紛紛助陣似地對劉秀月喊起來，「你做什麼？打人呀？」

「肯定是她打小麗。」有人像親眼所見那樣言之鑿鑿，「要不然，孩子玩得好好的，怎麼會哭？」

年輕美麗的媽媽緊緊擁抱在流淚的捲髮女孩：「告訴媽媽，怎麼回事。」

「我跌倒。」孩子圓圓的雙頰有未乾的淚珠，「阿姨過來扶我起來。」

其他人沒有聽到，她們忙碌在責怪這個每天怎麼看都不順眼的怪女人。

「你每天到這裏來做什麼？。」有人質問，「這樣閒空沒事做呀？」

「我……我……喜歡……孩子。」劉秀月被她們惡劣的態度嚇壞，支支吾吾地，一句話無法說得完整。

另一個媽媽冷冷地哼道：「喜歡孩子不會自己去生呀？」

一聽，劉秀月跌坐在地上，哭了起來。去年十二月聖誕節，她帶著才兩歲多的女兒到泰國著名渡假勝地普吉島，沒有想到遇上一場由地震引發的海嘯，不過是一個海浪，就把漂亮活潑的心愛女兒捲走，永遠不回來。

其他媽媽不屑地看著劉秀月：「她有點神經吧？沒人說她一句重話，她竟哭得像個孩子。」

「就是呀。誰說她了？誰說她了？」

「有的女人就是很會造作。哼！」

「我們走遠一點，免得引起別人誤會，還以為我們對她做了什麼！」

「走吧，走吧。」

溫柔的陽光，通過樹葉與樹葉的隙縫間，灑在公園裏所有人的身上。

心事的花瓶

他把花瓶送過去的時候，沒有包裝。

「我畫好了，老師幫忙燒的，一直沒學會燒。」

她看著他的畫，稚拙的線條，那朵黃色的花似乎燒得不太好，顏色不夠鮮豔，而且顯然是畫得有點走型，花瓣太小，花心太大，不過整體看起來，卻有一種樸拙的稚美。

「謝謝。」她低聲說。

然後就不知道要說什麼了。

這個瓶子是她捏的。

圓胖的肚子，小小的瓶口。

「可以裝很多心事。」當時她是這樣說的。

他沉默地，手上在捏的，是一個杯。

他從開始學習捏陶，沒想過要做個花瓶，他是非常現實的，總想製作一些比較實用的東西，杯、碗、盤等等。

一直到她來參加這個課程後，他才發現到，她只做小擺設，而且都是奇異的形狀，但看起來都很好看。

他們很少交談，來學習的人不多，有時四個，有時五個，最多時候，也不過是六個，不定，但極少溝通，是成人班。

大家彷彿帶著戒心，只來上課，時間到了就各自回家。

有一天他突然對她說：「我在學畫，下次你捏好，我替你畫一個。」

那天，來上課的只有兩個人，就是他和她。

她聽後，靜靜地，沒有即刻回答，想了一會兒，才說：「好。」

當時她捏的，就是這個花瓶。

因此她說：「就這個吧，捏好我交給你。」

「為什麼做這樣的型？」他問。

她停一下，終於說：「可以裝很多心事。」

一個課程結束了。

她沒有再來，但留下那個花瓶。

他是為了她而繼續來上課的，沒見到她，向老師探聽，原來她結婚去了。嫁去新加坡，不遠，但他沒有再見到她。

她捧著花瓶，輕輕嘆一口氣。

他本想馬上就走，卻又覺得太過匆促。

想了一想，他說：「沒想到，真的能夠親手把這花瓶交還給你。」

這個花瓶，已經畫好燒好三年，他小心保存，為著這一天。

「是的，我也很意外。」

抱著心事的花瓶，她感覺重量是沉甸甸的。

三年前的那一天，當她聽到他的建議，隱約明白他的心事，但她並不當成一回事。

「我回來了。」她對他露出一個充滿希望的微笑，「什麼時候有空，我想再去學製陶。」

他無言，對她點點頭。

來之前想過說一些安慰的話，此時此刻又覺得任何安慰的話都沒有意義。

她繼續說：「你還畫畫吧？」

看著他的臉，她有一絲期待。

結婚的時候，收到的都是祝福。可惜，所有的祝福都不能穩固一樁失去愛情的婚姻。

「已經很久沒動畫筆了。」他把花瓶送回給她，就是想把那段學畫的日子一並送走。

終於他不再猶豫：「我的太太和孩子在車上等我。」他指著門口那輛銀色的車。

「啊！」知道他要來以前，她精心打扮，以為他接著會邀請她去喝茶或者吃飯。

但是，他放下心事的花瓶，腳步輕盈地走了。

因為藍襯衫

我在選擇衣服的時候，他出現了。

「這顏色你穿起來一定很好看。」他笑起來，鼻子皺皺的，像女孩子。

我不喜歡像女孩子的男人，娘娘腔重的男人，看起來都像同性戀者。

但那幾天我心情頗差，正想為自己換一些東西，包括衣服的顏色，樣式的選擇，甚至想去剪一個不同的髮型。

期望這樣子可以換一個心情。

這個人自己送上門來，自己要當我的造型師，但我為什麼要聽他的話？

我恨講話用鼻子發音的人，因為聽著像故意裝作出來的性感，但我卻鼻音濃濃地問他：「你怎麼知道？」

意思是你是誰呀？那麼權威？

「啊！」替他回答的是店裏的女售貨員，「他是我們店裏的設計師。」

我應當猜得到的，從事設計行業的人，大多是同性戀者。

我們認識以後，他的約會我沒有不答應的，最大的原因是我對他沒有提防的心，另一個小原因是，我正好在失戀期間，需要一些可以「轉移視線」的人和事。

我是異性戀者，而且我認為一個男同性戀者，不會對女人有興趣的。

所以我心情不好卻很放心和他一起出去，至少用他來填補我的失落與空虛。

我買了他介紹我的那件藍襯衫。

「是不是？」他點頭，「很好看。」

對陌生人的稱讚，照單全收也可。

那時，我沒有想到我們會變成上床的情侶。

何況那段日子氣候特別炎熱，不是一個令人想談戀愛的季節。

我們不斷地約會，漸漸地我發現和他聊天是愉快的事，他走過不少地方，認識的人也多，說的故事就精彩。而且他笑的傻氣樣子，雖然看著有點稚氣，久了才感覺到是一份迷人的特質。

當他擁著我，從咖啡館出來，漫步在滿是星星的天空下，我居然在心裏生出一份惋惜。

要是他不是同性戀者，那該多好。

終於停在一棵樹下，黑夜中的樹張牙舞爪，透過疏疏朗朗的樹葉，我仰頭，看到有很多星星。

「你知道我想做什麼嗎？」

我把望星星的眼睛瞧著他：「你不想當設計師了嗎？」

他稚氣的笑容又露出來了：「你不要裝傻好不好？」

他把身體貼上來：「我想吻你。」

他沒有時間讓我思考和回答，一說完他就出力地抱著我，輕輕地吻我。

感覺他柔軟溫熱的唇，我閉上眼睛，輕輕嘆了一口氣。

「為什麼呢？」我在他的唇下問。

「為什麼什麼？」他沒有放開我。

「如果你不是同性戀者，那麼故事就會不一樣。」我是說真的。

在那麼暗的夜裏，我看到他的眼睛漾著笑意：「是誰告訴你的？」

我楞了一下。

是呀，從來沒有人對我說，他是一個同性戀者。

天上的星星突然更亮了，不停不停地眨著，我的微笑逐漸地擴大，終於笑出聲來。

「你為什麼愛我呢？」

一個最聰明的女人，當她陷進愛情裏時，也會變得愚蠢癡傻。

像這樣的一個問題，就是笨女人問的。

「因為我愛你。」

他的回答等於沒有回答。

聽著，卻有一份歡喜。

我從前的情人，他的答案是：「因為你很傻。」

但是，從愛情中清醒過來以後，傻氣就跟著消失了。

當我和藍襯衫——我叫他藍襯衫，是為了記念我們的認識——計畫要住在一塊的時候，我的舊情人回頭來找我。

「你是最好的。」他懊惱的樣子真可憐。

我靜靜地沒有答話。

他雙手撫著我的臉，然後用一根手指劃過我的眉毛，眼睛，鼻子，嘴巴，停在我的唇上。

那根手指就在我的唇上走來走去。

「我根本不能忘記你。」

我的眼淚掉了下來，他把我摟進懷裏。

「完全沒有辦法。」

他這是什麼話呢？我感覺他這些話，都是在替我說的。

原來一個人要從一份刻骨銘心的愛情走出來，是不可能的。

終算明白什麼叫做無能為力。

當他把我擁在他溫暖的懷裏，我軟弱地只會高興地流著快樂的眼淚。

我們又在一起了。

他跋扈地把我所有的藍衣服丟掉：「你不適合穿這顏色。」

我有點後悔告訴他藍襯衫的事。

每一次上床以後，他就問我：「他有我這麼好嗎？他能讓你這樣快樂嗎？」

要不然就是：「我是不是最好的？他是不是比不上我？」

他為什麼沒有察覺到我對他的尊重？我從來沒有問他，他離開我的那段時間的女友，是否有我的好。

我的憂鬱漸漸深了，而我對他的愛情漸漸淡了。

我喜歡有自信的男人。他每提一個問題，就讓我感覺到他在切割自己的自信，一片一片地切掉，最後會一無所有的。

當他丟棄我所有的藍衣服的時候，我還沒想到這是他失去自信的第一步。

再次的分手。

不同的是，這回是我的建議。

他可以忍受自己的背叛，但他計較我和藍襯衫的一切小小細節。

如果不是他的離去，我不會認識藍襯衫，他沒有想到這一點。

我輕鬆地回到服裝店，挑選新衣服。

「有沒有藍色的襯衫？」我聽到一個女孩子的聲音。

「這個顏色你穿起來一定很好看。」我聽到藍襯衫的聲音。

這個句子如此熟悉。

我楞了一楞。

我看著藍襯衫陪著那個年輕的女孩子去試衣。

「又來了。」那個胖胖的售貨員說，「這些女人真笨。」

我還意識不到她在說什麼，她繼續自言自語：「不過一句好看，就上當了。」

似乎帶著憤憤不平，又好像在恥笑女人的愚昧。

我是在那個時候，決定不要再陷入愛情的。

只是想不通，為何每一樁愛情，都會令人變得愚蠢？

走路的方式

我告訴自己要冷靜，但我根本無法辦到，腦海裏一片混亂，我想跨步跑開才發現自己力氣全無，一雙腳提不起來，於是盼望他快速地從我的視線中消失，因為我需要擁有正常的體溫。

身體漸漸冷卻的時候，害怕的感覺非常清晰，是否我中了我上司的詛咒？我知道他對我一直有提防的心，他老以為我對他的位置深感興趣，認定我想要取代他。時常在我面前稱讚我，令我開心得意，後來我才曉得自己的幼稚和單純，他在我背後把我彈得一文不值，不夠世故沉不住氣的我氣沖沖地當著他的面揭穿他，他皮厚得針刺不入，死都不承認那些損我的話是從他口裏吐出來的。臉上還做出無辜和無知的表情，似乎受到很大的冤枉。如果不是消息來源非常可靠，我也會讓他的虛偽欺騙。

我痛恨有表演天才的人，最大原因是我的演戲天分拙劣不堪。

他誤導我走進信任的胡同，那時我深深相信他欣賞我的工作能力，於是拚命表現，結果功勞全叫他領了去，還把我貶到和塵埃一般的地位。原來這些日子來我是站在舞臺前，走進幕後一看，淩雜紊亂無序無章才是鐵打的事實。

他的嘴巴時刻不停地在詛咒他不喜歡的人，也許壓力讓他不能閉嘴，但他的詛咒如此有效嗎？

我往四周左觀右看，平日這個時候，街上總有不少人，來來往往的熱鬧得很，有的人趕著去上課，有的是急著要上班打卡，但是，今天是怎麼一回事啦？著眼處竟然連一個人也沒有？

我的心悚悚地，陰森森的寒意復又從腳底竄到頭頂上，頭上串串冷汗涔涔。然後頭腦開始不受控制地胡思亂想，莫非現在是農歷七月？老人家都說，在農歷七月，沒事不要出街，有時倒霉起來，運氣不好，就會在無意中看到人不應該看到的東西。

我的早餐在胃裏不斷地翻騰起伏，若我大清早吃了油膩或味道過重的餐點，就會顯露此後遺癥，但今天早上我仍然以長年的飲食習慣，吃喝是每天一再重複的咖啡和麵包。

這個人的臉孔看起來有點熟悉，兩隻手像是要同我打招呼，我裝作沒看見，急忙忙別轉頭。我記得小時候聽祖母說過。這種人要是喚你的名字，不可以回應他，要不然，你的魂魄就會隨他飛去，再也回不來。

幸好這個倒吊走路的人，沒再糾纏不清，倒像是要遠離我似的，急匆匆地「走」過去了。

我楞楞地，出乎意料地發現，原來他是用手在「走路」。那麼他的一雙手掌豈不是要骯髒了嗎？

他一雙腳在半空中搖晃，我看著有點暈眩的感覺，那雙腳似乎在向我點頭。我想做出一副恍如未見的鎮定樣子，但卻完全不能出聲，雖然我的嘴是張得開開的，通常在電影看到的傻瓜都以這副神情出現在銀幕上。

待心跳正常，情緒恢復後，我又再四處觀望，沒想到就那麼一會兒，人都出來了，就像平日一般地熙熙攘攘，人擠著人，大家都在趕時間要去做各自的事。然而，街上的人不出來還好，這一出來，我的恐懼就更強烈深刻。

已經不純粹是寒冷，我渾身顫抖。腳步也不是踟躕猶豫，而是停駐不動。一顆急忐忑的心彷彿快要從口裏噴吐出來，我幾乎控制不住自己，暈眩已不足以形容我的感覺。我希望地下有一個洞，就算無底我也寧願鑽進去躲在裏頭隱藏，無論如何暗沉沉悶黯郁我也不在乎。

人的眼睛顯示的是視線裏的真實，但你不要怪我不相信自己的眼睛。所有在我身邊走動的人，他們都不是正常的人，他們的頭都在地上，腳都在半空中，就和我今天早上第一個碰見的人一樣。

我吸一口氣，輕輕告訴自己不要呼叫。

難道我已經來到了另一個空間嗎？而要到另一個不同的空間，是那麼容易簡單的嗎？至少也得好像電影裏頭的那個矮小的英俊小男生，用快速度走進去，用駕快車的方式把自己載到另一個空間去呀！

我轉回頭，看一看自己的房子，看看到底是哪裏出了差錯？這一眼讓我更迷惘震悚不已，怎麼我的屋子也是倒轉的？

我簡直亂了方寸，要怎麼樣才可以找到我記憶的大門。

這時我聽到有人問我：「喂！你！你為什麼倒吊著走路？」

啊啊！我明白了，我索性安心地閉上眼睛，今天早上我一定是陷落在一個醒不來的夢魘中。

自由的風箏

兩夫婦一起陪孫子到公園去放風箏。清晨的陽光不是那麼猛烈灼熱，照耀在身上暖暖的。恰是個好風天。只不過可能是上班的日子，有空餘時間的閒人並不多，因此公園裏放風箏的人就那麼幾個。

孫子還小，在幼兒園上課，學校的老師教的課文裏，有一課是放風箏，孫子就為此吵了好幾天，後來兒子果然給他買了一個美麗的花蝴蝶。孫子更加按捺不住那份嚮往。他們正好自鄉下上城裏來，孫子拿著課文給他們看圖片：「爺爺奶奶，帶我放風箏去，帶我放風箏去！」

於是，趁著太陽還沒升高，兩夫婦帶著孫子到附近的公園來了。

「爺爺，就在這邊好了。」孫子剛抵達公園，馬上就要開始放風箏。

「好，好。」他縱容地，停下腳步，和孫子兩個人整理手上的風箏。

「不行。」她搖頭，拉著孫子的手說：「再往前邊去，這裏有很多大樹，會有阻礙。」

「不不，我不要向前了。」孫子心急又興奮，「爺爺都說這裏行呀。」

她轉頭過去：「都是你，怎麼連放風箏要挑場地也不知道，亂跟孫子說好。」

他有點沮喪，低聲跟孫子商量：「小強，我們過去那邊好不好？那邊是空地，放起風箏來，會飛得很高的。」

為自己首次放風箏而緊張的小強堅持：「不要不要，我就是要在這裏放。」

「好吧好吧。」她露出不高興的臉色，「那你們放吧。」說完逕自走到樹下一張長椅子坐下。

他和小強先把風箏打開，把繩子拉好，然後他對小強說：「哪，讓爺爺扯著繩子，你把風箏拉到前邊，待爺爺說放的時候，你才放手。」

「好呀。」

他被小強的快樂感染了，覺得好像恢復童年的玩樂心情。

出力地扯著線，他和小強同時在想像著風箏上天的喜悅，沒想到小強一放手，風箏不但不飛上去，反而掉在地上。

「哪有人這樣放風箏的？」她在長椅子上冷冷地說，「你總要跑幾步吧？而且要把線扯緊一些啦！」

在一起也有四十幾年了吧？他可從來沒看過她放風箏，更不曉得她會放風箏，但是，他就知道她有那種「自己不懂，也會說得頭頭是道」的本領。

他沒有理會她，要小強再次嘗試。

結果雀躍的心跟隨著風箏再一次落在地上。

「都說要跑幾步嘛，還有那個線，鬆鬆的，風箏怎麼上去？」她看不過眼，走靠前來，指手畫腳又白他一眼。

他不氣餒，叫小強再試，她還在一邊當指導，沒想到這回成功了。

風箏一上天，小強開心地拍手，他也非常快樂，至少不必再聽她的教訓。

「是不是？」她把功勞都歸於自己，「聽我說的沒錯吧。」

他和小強一齊緊張地拉扯著風箏的線，兩個人都為風箏在天空逍遙地飛翔而笑了起來。

「好漂亮唷！」小強說，「看，爺爺，我們的蝴蝶飛得最高了。」

天空還有幾隻風箏，但就數他們的最漂亮，也飛得最高。

「讓我一個人放好不好？」小強躍躍欲試。

「好呀！」他把線交給小強。

小強拉著線跑，風箏似乎飛得更高了。他益發開心，笑得像漸漸升高的陽光一樣燦爛。

突然，有另一隻風箏靠過來，把小強的蝴蝶一勾，只聽到「啊！」小強的驚呼聲，然後，風箏斷了線。

「我的風箏！我的風箏！」小強一直呼喚，風箏彷彿沒有聽到，往遠遠的天空飛去了。

回家的路上，小強問：「為什麼風箏會斷線的？」

「叫你們往前多走幾步去那邊放，不聽，都說有樹的地方不適合放風箏了！」她在一邊似乎略為得意地教訓著爺孫兩人。

他沒有回答，打從心裏羨慕那斷了線的風箏，那自由自在地在廣闊的天空中飛翔的風箏。

不要像爸爸

從小他就告訴自己，他不要像他的爸爸。

有一天，大約是小學三年級的一個黃昏，爸爸到學校去接他放學，然後踅到菜市場去。爸爸把腳車停在一間雜貨店門口，下了鎖，坐在腳車後面的他跳下來。他還記得，在這之前，他最喜歡和爸爸一起去菜市場，因為爸爸買了菜以後，總會給他買兩粒糖果，或是一卷圓筒的紙包裝瑪莉餅，那是很少零食的年代的好吃的東西。

爸爸挑了菜，還錢的時候，他聽到那個爸爸叫他阿強嬸的菜販說：「不可以啦，怎麼每次都是這樣，這塊薑很大一塊，要算錢的啦。」

爸爸的語氣不太高興：「不過是一塊薑，阿強嬸你太小氣了。」

「平時你要一根蔥，或一條辣椒沒關係，最近薑漲價了，來貨很貴，不行啦。」

爸爸終於還是拿走那塊薑，留下一句話，「哎呀，都是老顧客了，阿強嬸，你未免太計較了。」然後頭也不回地走開。

那天早上上課的時候，老師一再重複課文裏的一句話：「做人不要貪小便宜。」當他看見爸爸的行為，老師的話即刻浮上心頭。他頭低低地，跟在爸爸的後面走，不敢轉頭去看阿強嬸。

「哎呀，你真的是……」他聽到阿強嬸說了一句，是什麼呢？他卻聽不清楚。

到了雜貨店，要上腳車前，爸爸進去買半斤糖，然後問他：「志偉，今天你要吃什麼？糖果還是餅乾？」

「我不要。」他聽到自己的違心之論。

「為什麼？」爸爸有點吃驚，「不好吃嗎？」

他搖搖頭，不說話，往後再也不吃零食。他不明白為什麼爸爸不把買零食的錢拿去買薑，而讓阿強嬸在後面一直喊，他覺得爸爸的這種行為非常丟臉，讓他非常丟臉。

從此爸爸到菜市場的時候，他站在腳車邊等待，不陪他一起走。

爸爸是一個建築工人，平常收入不多，生活刻苦，每天為三餐，勞勞役役。這是一直到他長大以後才明白的現實。

爸爸有一個心願，就是擁有一間自己的屋子，「小小間的排屋也好，不必租別人的，每個月付人家房租，還要受人家的氣。」

從小他們一直在搬家，因為沒有自己的房子。每一次搬家，爸爸就說：「下次有自己的房子就不必再搬來搬去了。」

辛勤操勞，錙銖必計，非常節省地花錢的爸爸死了，房子還沒有著落。

而他也成了三個孩子的爸爸。當他老是被不同的房東，為同樣一個還不出房租的原因趕來趕去，不斷在搬家時，他發誓，要完成爸爸的心願，買一間自己的房子。

每天他自己到菜市場，買菜問清楚價格，選最便宜的，買任何東西都要比較價錢，他的心裏在嘆息，賺錢真不是容易的事。

一根蔥一塊薑一條辣椒，他從不付錢，要是討不到，拿了就走。

他的孩子有一次對他說：「爸爸，你不要這樣嘛。」

他很生氣，告訴孩子：「能夠省得一毛是一毛，胡亂花錢，怎麼存錢買自己的屋子？」

他的孩子頭低低地跟著他的背後走，不敢抬頭。

孩子看著爸爸駝得彎彎的背影，在心裏想：「我長大以後，不要像爸爸一樣。」

那天去洗衣

那天，她把要洗的衣服帶出去。洗衣店離開住的地方不太遠，所以她就是那樣短短的淺藍牛仔褲和洗得泛白的打格舊襯衫就走了去。

太陽將要下山，路上車子仍然很多，而且跑得蠻快。下班時間過了，但急著回家的人還沒抵達吧。她慶幸自己新的辦公室就在附近，不必像從前要人接送，更用不著在路上浪費許多時間。

停駐在一間新開的麵包店外邊，她在擺設於櫥窗裏的各種麵包和蛋糕及小西餅中，試圖尋找沒有吃過的新口味產品。最後決定倒回來的時候，照舊選擇她一向來愛吃的蒜頭麵包。

然後提著那包未洗的衣服又要往前走的時候，她看見他在對面的停車場。

路人很多車子很多而且離開她走路的地方，有一段距離，他就站在泊下來的車子旁邊，她卻看見他了。

她一楞，停下腳步。

他正好抬頭，彷彿也看見她了，有點趑趄不前，步伐猶豫的樣子。

她將視線移開，朝向不遠的洗衣店疾步走去。

她希望他看見她，她也希望他沒有看見她。

也許是一個巧合。人生總有許多巧合。咖啡廳的音樂播出來，她愕然地看他一眼，他對她露出一個無奈的微笑。

那是兩個人時常在聽的歌，是非常熟悉的音樂。

她還記得買那張ＣＤ片子時，是他付的錢。

「你喜歡的，送給你。」斜斜地看著她笑，一副「願意為你做任何只要是你喜歡的事」的樣子。

那是他送她的第一份禮物。往後那片子的旋律不斷地在家裏在車上回繞，一直到對每個飛揚著的音符讓他們覺得親切，她都還捨不得收起來。

「還是一樣那麼動聽。」吸一口氣，她點頭，已經可以笑得很自然。

「是。」他同意。

她奇怪的是，住在一起以後，漸漸地，不論任何事，兩個人都持有不同的看法，僵持不下，結果互相嘲譏，甚至吵架，卻在打算分手的時刻，反而有了認同的觀點。

互相容忍是因為知道等一下就分開了吧。

包容是由於馬上就要分別，這是悲傷還是歡樂的事呢？

走進洗衣店前，她再次回頭，他已經不在那兒了。

有點惆悵，有點迷惘。

她把上個星期交去送洗而已經洗好的衣服提在手上，循著原路走回去。

她最喜歡嗅乾淨的衣服的味道，淡淡的香味，不知道洗衣店的人用何種牌子的洗衣粉。

突然有個念頭：「是不是有一種可以把往事也洗掉的洗衣粉呢」？

走路時候這樣想，不禁嘆了一口氣。

暮色已經漸漸淹沒過來了。

停車場只有幾根電燈柱，亮著黯淡的光，她極目眺望，影影綽綽間的人在泊著的車中間走動，然而，是不是他，已經不重要。

可能剛才那個男人也不是他吧？

不認輸的咖啡

開會過後，楊文俐意興闌珊。早上出門時，充滿陽光的臉色此刻已經蒙上一層陰霾，只是倔強的她向來不輕易流露出內心的沮喪。

勉強擠出的笑容沒有逃過劉永淇的眼睛，她微笑邀約：「下班後，一起去喝杯咖啡再回去吧。」

城裏的咖啡屋像雨天張開的傘，各種不同的顏色花樣，越開越多。時下單身上班族，已經習慣勞累一天後，相約去喝杯提神飲料，才各自回家。

「一杯摩卡。」楊文俐說。

「一樣。」劉永淇對侍者點頭。

「聽說巧克力裏邊有某些物質，吃過以後可以令人快樂。」離開辦公室後的楊文俐終於放棄掩飾。透露出淺淺的憂鬱，話語中帶點自嘲。

「那你怎麼不喝巧克力？」劉永淇問，似乎非常清楚楊文俐的不悅。

「我喜歡咖啡的香味。」楊文俐說，「摩卡咖啡也添加了巧克力。」

「那真好，又提神，又快樂。」劉永淇刻意說笑，「今天晚上要去那裏？」

下班的時間，路上都是人，群眾紛紛越過街邊的咖啡檔，誰都沒注意誰。

「看，大部分人的方向，都是家吧。」望著歸心似箭的人群，楊文俐有感而發。

「家是避風港。」劉永淇笑，「你沒聽過嗎？」

楊文俐突然鼻音濃濃起來：「我們都是航行在風浪中的船，都在尋找安全的港灣。」

以能幹強悍著名的楊文俐，從來不是情緒化的詩意文人，卻念出像詩一樣的句子，劉永淇意外：「怎麼啦？文俐，黃總控制了你的情緒嗎？」

熱燙香濃的咖啡顯然並沒有舒坦她起皺的心的能力。

「早上開會的時候，黃總宣布，升級的居然是曾少如。」

「喝咖啡吧。」劉永淇建議。

「是，只好喝咖啡。」楊文俐苦笑啜一口，「我們都比不上曾少如。」

「所以喝一杯認輸的咖啡吧。」劉永淇明白楊文俐的委屈，「她為了升級，不介意陪黃總去應酬，還有……」

「別說了。」如果要低聲下氣若曾少如，楊文俐不必等到今天，「談別的吧，不要再提公司裏的事。」

劉永淇點頭：「好，報告你一個消息，我要結婚了。」

張嘴結舌地楊文俐睜大眼睛：「你？永淇，你不是還有理想還有計畫尚未實現嗎？」

雖然劉永淇已經有心理準備，但楊文俐的反應還是超乎她想象的強烈，她承認自己的無能和軟弱：「辦公室裏的勾心鬥角太辛苦，躲在避風港裏的生活，比較舒服吧。」

「那當然。」楊文俐突然爽朗地大笑，「走！把咖啡喝了，我們去買兩條金鏈，一條送你，作為妥協的禮物，另一條送給我自己，鼓勵我依然還要為失敗而重新出發，繼續努力。」

刺激神經，消除疲勞的咖啡，已經發揮了效用嗎？一杯摩卡竟然可以轉化楊文俐的情緒？面對充滿鬥志的楊文俐，劉永淇沒有把剩下的咖啡喝完。

遺失的電話簿

「我先走了。」他站起來，頭也不回，往門口走去。

雖然隔著黯黯的玻璃，同樣可以感覺外邊陽光的熾烈暴虐，他略略猶豫才推開門，不知道是有一絲留戀，還是因為烈焰式的氣候。

我伸手，張嘴，想要喚他。

再一想，可能會引起來誤會，於是把手放下，不敢出聲。

不是要挽留他，只是想問他幾個朋友的電話號碼，但來不及了。

喚來侍者，結了賬，依舊坐著。

突然發現一時間沒有地方可去。

平日和他一樣，為事業忙碌不堪，根本不曉得休閒應該往哪裏去？

沮喪地嘆息，忙碌到沒有時間溝通，什麼也不懂，對他是言聽計從的，結果事業成功，愛情失敗。

拿出行動電話，想找個人出來聊天，才想起自己被自己的壞習慣害了。

買電話的時候，他告訴我，可以把朋友的電話號碼記錄在手機裏。

「哦。」我點頭，但是沒有聽他的話。

剛認識的時候，才十幾歲，年紀小，

走進社會，明白經濟的作用，金錢的好處，一頭栽進生意圈裏，繞著物質打轉，再也出不來。

「你已經不是當年的你了。」他剛剛說，神情失落。

這是一句多餘的話。

一切猶如青春歲月，終要過去，終要流逝，誰也沒法留住當年的自己。

「我們結婚吧。」他終於提出建議。

曾經在想像中，這是生命中最動聽悅耳的話。

但是，它出現在不適當的時候。

憑他憑我，都沒想到，當提出結婚的時候，竟是結束我們感情的時候。

無情的日子擁有將感情磨蝕的高強本領，日復一日，一點一滴，不知不覺。

想過辦法要挽回的，畢竟已經在一起那麼多年。

驚覺無話可說，也許是太久了吧。

愛情專家寫的書裏頭警告：「談戀愛別拖得太久。」

是，愛情像巴剎買回來的魚，要趁新鮮的時候，快快下鍋煮來吃，長時間一直收藏在冰箱，也會慢慢腐壞的。

魚的新鮮度畢竟是有期限的。

朋友們聽說我們打算分手，紛紛猜測，異口同聲是因為中間有人出現。

連他也懷疑地問：「真的沒有別的男人？」

我把手機收回皮包裏，一個電話號碼也沒有，只好回去吧。

一個星期前遺失了電話簿，朋友們全都不見了。可是我並沒有盡力去尋覓，只是忽然發現，原來我們都在靠一本小冊子聯繫友情，年紀令記憶力漸漸消退，越來越不可靠的記憶，最後可能什麼也記不住了。

應該還可以再度收集累聚吧？

「算了。」我心中不無惋惜地勸告自己，把他當成遺失的電話簿好了。

過期的紀念品

開始的時候，她只是在收拾抽屜。已經很久沒有靜下心來，好好地整理一下抽屜。房子是由一個鐘點女傭在打理，可是瑣細的物件還是得靠自己。她放了一張雅尼的唱片。「這是雅尼在希臘那一場演出現場錄製的唱片，非常轟動而且動聽。」他送她的時候，這樣說。

之前不曾聽過雅尼。他確實教她很多東西。

緩緩地她把抽屜裏的物件，一樣一樣拿出來，出乎意料的是，一個小小的抽屜，居然可以容納那麼多東西。待排滿一地，她不由得苦笑起來，眼前全是旅遊紀念品。

人在旅遊，會做出一些愚蠢的事，比如購買紀念品。有很多因素吧，正好像幾個導遊說的：「趁看見的時候趕快買，要不然，過去了，這個地方可能從此不會再來，以後就沒有機會。」一把握時機在那個瞬間變得重要。問題是買的不僅全是不重要，而且還是根本不需要的東西。回來以後，丟也不是，送人也不是，只好擱著。下一趟旅遊，卻又重蹈覆轍。因為人有一種害怕的本能，尤其對「再也來不及了」的焦灼心理，感覺特別深刻。留不住的時光飛也似地過去，人們都想掌握一些什麼來捉住當時的感覺吧。

小心地排列著，不是每件都是美麗的回憶，但卻有不少物品是令她念念不忘的，尤其是後來那兩年買的東西。

「是記憶猶新。」她告訴自己，心裏明白這是藉口。事實心頭異常清楚，難忘的旅程，不是因為非凡風景或者帶回來的高價物品，完全是因為一起去旅遊的人。只是不明白，為什麼抽屜裏的東西，也會隨著時光的流逝，漸漸在褪色泛黃呢？不是緊緊地密密地鎖藏起來了嗎？

仔細地把紀念品一一重新觀賞。歐洲半個月之旅、美洲十天行、加拿大八日旅、北京七天行、澳洲黃金海岸五日遊，全都過去了。然而，記憶中的旅遊日子，依然那麼美好，仍然那麼令人回味，永遠不會褪色泛黃。

只不過，一切都不可能再回來了。她輕輕地嘆息。

每個年底，她都快樂地收拾整理，將不要的東西丟棄，理出一些空間來收容將要來的新物品。這兩年，每回打開抽屜，她無從下手。

在記憶的網裏，經過篩選才留下的東西，每一樣都值得紀念。

她是一個喜歡為自己的回憶尋求依歸的人。在歐洲買的皮包，她拎著的時候，就回憶起歐洲的雪夜，氣候太冷，雖有暖氣，但她還是把自己捲縮得小小的，依偎在他懷裏，那一夜，有個好夢；在美洲買的小皮衣，上班時候穿著，溫暖令她想念他的擁抱；喝著北京的花茶，緬懷在北京一起喝茶的秋天早晨；在澳洲機場買的蘇華士手錶，雖然款式已經舊了，還在戴著，象徵彼此間分分秒秒的朝思暮想。這些都是用品，用著用著，會舊了去，但是為什麼收藏緊密的紀念品，小擺設，也會逐日變色呢？

原來沒有什麼東西是不會變的。

早上傭人為她整理廚房，找出一堆罐頭：「小姐，你看，這些罐頭，都過期了。」

啊，她已經太久沒有在家裏開伙食，兩年前買的罐頭還留存著。這兩年，每天有人陪她午餐晚餐，她已經把這些收藏在櫃子裏的罐頭給忘得一乾二淨了。

「不能吃了，都丟棄吧？」傭人替她做決定。

是的，也只好這樣，要不然呢？

收著、藏著、留著、存著，但是，還是要過期，還是會過期。

她的愛情，她的紀念品，也像罐頭一樣，全都過期了。

把垃圾桶拿過來，把地上的紀念品一件一件放進裏邊，今天有垃圾車來。雖然心疼，不忍，還有很多的不捨，但她咬咬牙，繼續丟棄，就像她丟掉這一份無從等待的感情。

阻止咳嗽的糖

她的皮包裏長年有一盒糖果。

有時候她拿出來，坐在她身邊的朋友驚奇地睜大眼睛：「咦，你吃糖？」

不然就高聲地嚷嚷：「哇！你不怕胖嗎？」

似乎人過三十就不許吃糖，彷彿中學時代開始到現在依舊四十五公斤的她身型過胖。

她不解釋，只是靜靜地打開糖果盒子，拿出一粒沾糖粉的軟糖，含在嘴裏。

室內過寒的冷氣，或是缺乏開水的時候，她的喉嚨就會提醒她。

如果沒有一顆糖，咳嗽馬上便過來尋她。

不過，沒有朋友對她的糖果，和吃糖的原因，感到興趣。

人群中，集會時，看起來彷彿非常熱鬧的場合裏，她一直有一種無人了解的淡淡惆悵。

「真像個小孩。」「喂！幼兒園的小朋友！」「你不以為這是幼稚的行為？」「吃糖，像長不大的孩子呢！」「見過很多愛吃酸梅的女人，糖嘛……」

日久，她的糖果裏累積著朋友的諸多誤會，但她還是一顆一顆地吃下去。

生命裏本來就有許多挫折和哀傷，再加上每個人一有空就堆砌著無人了解的磚塊，一道厚而高的牆漸漸建築起來，成了隔離心靈交會的障礙。

她有時隨口邀請提問的朋友：「吃一個嗎？」

沒有人伸手過來，都是：「謝謝，我不吃糖。」或者大笑：「不不不，十二歲以後，我就沒吃過糖了。」或者嘲諷：「什麼？糖？你以為我還小？」

吃糖的人，都被歸類為小孩、兒童心性，視為幼稚行為。

因此，通常只有她一個人自己在吃糖。

每次朋友聚集聊天，那想要咳嗽的念頭和感覺益發強烈。尤其是在她聽到朋友說一些誹謗和傷害他人的話，還有認識與不認識的人的是是非非的時候，她都要趕快拿出她那盒糖果，含一顆在嘴裏，起碼可以阻止那快要咳出來的一口痰。

而且她已經學會先開口給人一個動聽的藉口：「我喉嚨敏感。」

「哦。」誰也沒興趣深究。大家都在忙碌，沒完沒了的閒聊，像工廠的機器，不斷在重複和繼續。

在社會叢林行走日久，發現許多複雜的人事，皆是由閒不下來的舌頭搬弄攪拌出來。

一群人坐下，往往把那幾個沒出席的人的裏裏外外提出來大肆渲染，真假不計，虛實不論，反正用以配茶下飯都很開胃。而站起來，離席的人，往往被在座的人馬上放在口裏，說是論非，結果都沒人要／敢／想離開聊天的椅子。

她也不要成為不在場的人，但她不斷在吃糖。

人家只是說：「咦，你都不出聲？」

她就裝出一副忙碌地在吃糖的樣子給大家看。

不過，因為老是在座，到目前還沒有人把她提出來討論。

她長年一直在吃糖。但是，大家都沒空，都忙著東家長西家短，沒有人察覺她的咳嗽的毛病。

讓我的耳朵休息

「別人家裏的電視，有沒有關上的時候？」下班回家，他站在門口掏門匙一邊插進匙洞裏一邊想。

每天在辦公室，聽到同事們談論電視連續劇，或其他電視節目，他無從插嘴。

「昨天的『親情』……」其中一個女同事，據說這回是重複觀看第三遍，但依然興致勃勃，一天至少花一個小時，隔天到辦公室裏來發表她的感想。

「就是呀，怎麼可以……」一定有人接下去。連續劇的情節興高采烈地在他們的嘴裏重播，偶爾他們不認同編劇的處理方式，就罵編劇者，接著自己重組故事：「應該這樣這樣……」

到底為什麼可以如此投入？他已經想很多年，就是想不通。然而他一句評語也不敢說，不單是怕引起公憤。他把門匙一轉，門一打開，傳來的正是電視裏的人說話的聲音。

他用力地關門，因為他曉得，不如此大力，是無法引起回應的。果然聽到沙發裏有聲音：「飯菜在桌上。」

好像這樣一句，就盡了責任。

語音模糊，但他已經習慣，所以聽得清楚說些什麼。

語音模糊是因為這是她的吃飯時間，她是一邊嚼著飯菜，一邊和他說話。

其實她從來沒有吃飯時間。

不論任何時間，皆是她的電視時間，除了工作之外。所以她理直氣壯：「工作之餘，沒點娛樂，日子怎麼過？」

她下班回到家以後，所有的時間都是她的娛樂時間。

在學校當老師的她，只上半天課，下午便空閒了。但她極少出門，因為不可能拎個電視在路上，「沒有電視的日子，很辛苦。」她說過。

將自己每天陷在沙發裏，跟著電視的喜怒哀樂而抑揚或者沮喪，甚至大笑和掉淚。有一天，她居然留意到自己的變化：「真討厭，肉都往橫生了。」

他趁機提醒：「這是缺乏運動的結果呀！看你，成天坐著看電視，連吃飯也不離開，不胖也難呀！」

「你這是什麼話？」她不服氣更不承認，「個個中年婦女都是發胖的啦，這和電視什麼關係？」

有一次他在報紙上，看到一篇調查報告，醫生說，像她這樣子，無時不刻離不開電視，是一種病。

他一片好意同她說了。

「你才有病。」她斜斜瞄他一眼，振振有詞：「這樣的老婆你還不滿意嗎？沒花你其他錢，就是電視那一點電費，你還要怎麼樣？」

視線再度回到電視，堅決地用背對他，彷彿他再繼續說話她也不打算回答了。

有時候他懷疑她是否還認得他？要是一個別的男人走進屋裏來，她可能也會接受那個男人就是他。

因為她的正眼只留給電視。

她已經多久沒看他了？

「你還要怎麼樣？」聽起來很有道理。

他只是可憐自己的耳朵，還有她的耳朵，完全沒有機會休息。

電話裏的藍莓茶

「你不知道我今天找到什麼！」

像這種高智商才能夠回答的問題，我無法應付，幸好，蘇宜敏並非提問，她只是炫耀自己在閒情逸致裏，又有新的發現。

「唔唔？」我不想讓她過於得意。

「藍莓茶！」喜歡用驚嘆句是蘇宜敏的不良嗜好，但我已經習慣。

「唔唔。」我的眼睛在桌上的文件裏瀏覽，思緒在下午要開的會議裏流連。

「日本人稱藍莓為『瞳之果實』，因為它有豐富的維他命A和C，是非常珍貴的漿果，可以讓你喝出美味之外，還有健康。」她像營養師兼推銷員。

「唔唔。」這是告訴她我聽到了。

「除了唔唔，你還會說些別的嗎？」察覺到我的冷淡反應，蘇宜敏生氣。

「唔？我下午還有會議，改天約你喝茶好嗎？」

我不可以掛她的電話，不是怕她生氣，而是怕她的閒逸。

蘇宜敏家裏有三個工人、兩個司機、一個廚師、兩個園丁，所以二十四小時無所事事。打電話是她生活中最大的樂趣。有一次太忙，一講完沒待她回答就掛了電話，結果那個早上她回報我總共三通電話。

「好呀！什麼時候？」她興奮有人相伴，「到我家來喝藍莓茶。」

「好。」我馬上答應，免去她繼續遊說。

「我等一下電話給秀英、美莉和素清。星期日下午，別忘了。」蘇宜敏終於完成任務，把藍莓茶介紹給我，心甘情願關電話。

加班以後，離開辦公室，星星在天空閃耀。回家路上，經過二十四小時營業商業店，停下車去買明天的麵包。付錢的時候，突然有一句話溜出來：「小姐，你們賣藍莓茶嗎？」

「沒聽過。」她蒼白的臉上毫無表情。

收銀機叮一聲，我付了麵包錢，走出來。

人生真奇妙，今天我遇到一個對藍莓茶非常熱衷，一個對藍莓茶非常冷淡的兩個女人。

第二天一早抵達辦公室，就接到一份禮物。

秘書小姐遞給我時說：「一個司機送來的。」

「今天是什麼節？」我問秘書小姐。現代人節日太多，有時疲於應付。

「什麼節？」秘書小姐愕然，想一下說：「今天什麼節都不是。」

「哦。」這時候我已經看見小禮物的包裝紙，貼著一張卡片：「請笑納。」是蘇宜敏的字。

撕開漂亮的包裝紙，沒猜錯。一個紫色盒子，用仿宋體印著藍莓茶三個字。

我的心情略仰揚。生活中充滿沉郁苦悶。有時候一杯茶也有提高生活品質的作用，拿出茶袋，沖泡一杯，酸酸的果味隨著熱氣騰升。

開始工作前，啜一口。

噢！

懊惱極，但願它永遠擱在電話裏邊。

「怎麼樣？」蘇宜敏的電話來了，「味道很好吧？」

「唔唔。」我不置可否。對於熱情如火的人，潑冷水會讓她沮喪甚至憎恨，剛出社會的人才會做此傻事。

「記得，星期日下午四點。」她提醒我。

怎麼告訴她，她的那杯茶不是我的呢？

Macchiato和法師

「請問，還有一杯，你要點什麼？」

望著餐牌的眼睛，和頭腦配合得不好，或者是，太好，我居然衝口而出：「瑪琪雅朵。」

「好。」單眼皮的女侍者把餐牌收走。

「其實，對我來說，普通的一杯三合一就可以了。」坐在餐牌後面的法師，現出寬容的微笑。

「可是，我已經替你點了摩卡。」我懊惱地，小小聲。

一看見餐牌上寫著瑪琪雅朵，心裏情不自禁「啊」一聲，頭腦便缺乏思索地湧起一陣衝動，口一開，瑪琪雅朵就從嘴裏流出來。

「沒關係。」法師一定是在安慰我，「都可以。」

「但是……」我張口，想說些什麼，卻沒有說下去。

單眼皮的女侍者已經把咖啡拿來了。
「摩卡？」她問。
馬克杯裏褐黑色的咖啡，上邊飾著白色的鮮奶油和黑色的巧克力醬，我指著對面的法師。
「瑪琪雅朵。」她這回沒提問，只是告訴我，然後把小小一個裝在咖啡盤的咖啡杯放在我面前。
兩朵潔白的奶泡浮在黑色咖啡的上邊，像花一樣的開著。
法師用咖啡匙攪動著他的摩卡，空氣中浮遊著一股濃郁的咖啡香味。
「你怎麼不喝？」法師問我。
手機在這個時候響起來。
我做一個原諒我的表情，打開手機。
「你在哪裏？」希莉在那頭問。我好像看見她那永遠裝滿好奇的眼神。
「在喝咖啡。」我說，不好意思大聲。
「喝什麼？」她聽不清楚。
「在喝瑪琪雅朵。」我說。
「哇！」她叫起來，「那你一定要告訴我，對面坐著的那個男人是誰？」
我看一下對面的法師，他低著頭，在看一本書。

「發神經呀你？」我罵希莉，「快要進候機室了，回來通電話時再說吧。」

「可是，你上回明明說，下次喝瑪琪雅朵要和心愛的人一起，味道才更好。」希莉還在那邊嘩拉嘩拉。

我把手機蓋上。

拎起瑪琪雅朵，一口喝光，然後像解釋什麼似的：「瑪琪雅朵要盡快喝，要不然，奶泡和空氣接觸以後，會影響它的綿密度，味道便差了。」

法師沒有聽到，他還是低著頭在看書。

「有時候，人會自言自語的。」對著空了的瑪琪雅朵杯子，我在自我安慰。

夢離開我的那個下午

電腦開著。螢幕上閃閃發光。等待的郵件一直沒有進來。

我離開電腦，過去關掉冷氣，拉開窗簾，推開玻璃窗，下午的陽光和下午的風一起竄進來。

窗外的樹上有小鳥，停在樹枝上，不顧一切地啁啁啾啾地說話。沒有人理牠，但牠兀自吱吱喳喳。

「不要把樹上的花和果都摘完。」我的圖畫老師說，「這樣就會有小鳥來唱歌給你聽。」

一班學生都笑起來。「真的嗎？真的嗎？」

沒有人要真正的答案，後來都轉到別的話題上去了。

回到電腦前，依舊沒有新的郵件進來。我記錯日期了？向來對自己的記性沒有信心，將滑鼠走到時間的標誌時，出現的日期是二〇〇九年六月三日星期三17：19分。

是的。沒錯，今天是決定性的日子。

開始學畫，並非喜歡畫，只是不想輸給別人。一個老朋友希莉，居然在失去聯絡，分別多年，重逢的時候，遞給我的名片是畫家。

有個畫家在中學教畫，走進課室對學生說：「各位同學，繪畫是心的繪畫，所有的作品必需是真心的表現。不想繪畫時不必欺騙自己的心，勉強作畫。像這樣的人，只能稱為畫匠。現在，無心畫畫的人請暫時離開，到校園去走走，想睡覺的人請閉上眼睛休息。等到你心有所感，想繪畫的時候，才回來提筆開始作畫。」

名片上自稱是畫家的老朋友，同學會聚餐，大家在吃著乳豬，她滿嘴油膩地說了這樣的故事。當然，我認為她是騙人的。世界上有這樣的老師嗎？為什麼我們從前的老師沒有一個是這樣的？她僅只是利用這個故事在突出她自己，表示她不是畫匠，如此而已。因為急於為自己辯白，她把唇上的口紅都吃掉了也不知道。

和重逢的老朋友分手後，我就積極投入繪畫。在學校裏，希莉是排名在最後的那幾個劣等學生。竟然在歲月的浸染下搖身一變，成為會玩顏色的畫家。聽說她現在住雙層半獨立的屋子，也是圖畫換來的。老實說，我不是很相信。

對著電腦，考驗自己的耐性。郵箱裏的信，大都給我銷毀了。去年的只留下一封。我想一想，再度打開。

瑪妮：

我向來不愛說人閒話，不過，昨天看見阿本和希莉，本來大家都是朋友，誰和誰出去都沒關係，不過，大家都知道阿本和你要好，而且，大庭廣眾的，他們的態度也未免太親熱。不過，你別只聽我一個人說，還是多問幾個朋友吧。或者，你問問阿本。

阿A

重看了多少次這信？沒有計算。阿A的外號叫「不過」。每一次讀他的電郵，我都會笑，然後細數這回他用過多少個不過。唯獨這封信，讓我笑不出來。也是這一封信，鼓勵我去學畫。

我叫滑鼠回到郵箱。等待中的信果然來了。忐忑不安的心情令得手也顫抖。

對不起，你的作品不合用……

無法繼續讀下去，我走到窗口邊。樹上吱喳啁啾的小鳥，不知道什麼時候飛走了。沒有聲音的午後，陽光和風都是熱的。夢，非常殘酷地在這樣一個酷熱的下午，選擇離開了我。

回到電腦前，吸一口氣，我出力地按滑鼠，拒絕我的信，和去年阿A的信，全都被銷毀了。從此我不必再看見它們，包括離開我的，那個可笑的夢。

從來沒有比現在更喜歡電腦。

化為粉末的野草花束

「年紀輕輕就去世的埃及杜唐卡門王，讓深愛他的王妃傷心不已。當他要被放進黃金棺材的時候，淒愴哀傷的王妃，在杜唐卡門王的胸前，放了一束野草花束。毫不留情的歲月，迅速地流逝。後來的考古學家發現杜唐卡門王的古墓，打開棺材，當考古學家雙手剛拎起那束野草花時，就在瞬息間，野草花束即化為粉末，飛散了去。」無論多麼動人的愛情，到最後也是煙消雲逝。她說完故事，嘆息了一下，才啜一口蜜糖紅茶。這個愛情故事更令人難忘的是，富裕堪可敵國的埃及國王和王妃，生命中最後一份愛的禮物，竟是平常隨處可見的野地裏的花草！

她因此非常喜歡這份浪漫。並且盼望平時粗心的他，特別留意到故事中的這一個小節。

「有個朋友說，乳酪蛋糕配咖啡，相得益彰。」他說，「換杯咖啡吧。」

本來要點頭的她，用小匙輕輕攪動紅茶，突然回答：「我不要。」

她把桌上的蛋糕慢慢推過去，追問：「你聽到我的故事嗎？」

「唔？什麼故事？」他切一小塊的蛋糕，放進嘴裏，「其實我不怎麼愛吃蛋糕。」

吃第二口的時候，他倏地想起：「咦，這蛋糕不是你叫的嗎？」

她想像電影裏的畫面：把蛋糕朝那個討厭的人的臉上撻過去……

他完全不理會她的故事：「你不覺得肉包，叉燒的或者大包，都比蛋糕好吃嗎？」

「也許吧。」她淡淡地，「可是我……」

他沒等她說完，插嘴：「你既然叫了，就不應該浪費嘛。」

「你聽到我的故事嗎？」她提高音量。

「什麼故事？」他問，「你聽到我剛剛講的嗎？不要吃不要叫呀。」

「一坐下，我就開始講故事，關於一束野草花的故事。」她提醒他。

「野草花？」他很專心地吃面前的那一塊蛋糕，「野草花有什麼好聽的故事？」

問完了他重複：「以後不要的東西你不要叫嘛。」

「我知道了。」她輕輕地。

「那就好。」他很高興，「等一下我們去吃好記酒樓的叉燒包，味道很好吃的，你一定喜歡。」

「你都沒有問我知道什麼？」她冷冷地問他。
「你知道什麼？你知道以後別亂叫不要吃的東西，不是嗎？」他說。
「不是。」她回答。
「走吧。」他站起來，「我們去吃叉燒包。」
「你自己去吧。」她逕自走了。
「喂！喂！你做什麼你？」他在她背後喊。
「你不要去吃嗎？」他繼續喊，「很好吃的叉燒包呀！」
她頭也不回地走了。
「女人真難伺候。我說錯什麼嗎？不要吃不要叫有錯嗎？叉燒包比蛋糕好吃有錯嗎？」他完全不明白自己哪裏不對。

雨太大了

車窗外的風景一格一格迅速地往後退，方宜敏極目遠眺，人生場景不也如是？還沒仔細看真切，一切就已經成為過去。

這是方宜敏第一次出遠門。她住在霹靂州的角頭，是個臨海的小村，偏僻落後，幽靜冷清。平時忙家務的她，最遠去到太平，吉隆坡是期盼了許久的願望。

聽鄰居朋友提起，吉隆坡是個熱鬧的不夜天城市，那兒要什麼有什麼。超級商場奇大無比，甚至有一個全東南亞最巨型叫「谷中城」的購物中心，從早至晚逛一整天也走不完。她很羨慕，希望有朝一日能夠有機會去走走看看。但是又聽講，連坐在街邊喝咖啡也要整十令吉一杯，「那麼貴？」她考慮又考慮，自動放棄好幾次跟朋友一起去旅行的機會。

因此，這回當她對丈夫林文政說「我星期一去吉隆坡找李立真」時，林文政意外地瞪大眼睛：「星期一？去吉隆坡？」言外之意是：「可能嗎？真的嗎？」前幾次她也說得像是真的，要和鄰居太太們一起去玩一天就回來，結果從沒成行。

「是的。」她認真地強調，「可能要住兩三天才回來。」

「住兩三天？」其實林文政平日並沒有這種隨著她的話語一再重複的說話習慣，是難以置信令他變成這個樣子。

接到李立真的電話，方宜敏即刻答應下去陪她一兩天。她覺得這是義不容辭的。李立真的先生心臟病暴發，什麼話也沒留下驀然逝世。李立真的語氣和聲調都傳達出她難以掩飾的愴惻和哀傷。

中學時代，方宜敏和李立真的感情很好，結婚以後，各忙各的，李立真偶爾回角頭時，她們才見個面，平時沒有密切聯絡，主要是長途電話費太貴。這回李立真一定是情緒極端不好，才會從那麼遠給她打那麼長時間的電話。

林文政聽她解釋後，淡淡地說：「她的孩子都在國外，這個時候，一個人的確是很難過，你是應該去陪她幾天。」

行李不過是一個手提包，方宜敏足足整理三天，東西拿進又拿出，難以做個決定。一邊整理，腦海忙碌地思考。她不能想像兩三天不在家，林文政的三餐要如何解決，他的衣服，房子的整潔，還有……她最後決定置之不理。結婚二十多年來老為一家人的衣食溫飽忙碌不堪，現在兩個孩子都在新加坡工作，不再需要她的照顧，她出一趟門並不為過。

他們在鄉下的生活乏善可陳，單調平板，今天重複昨天。這不奇怪，林文政本來就是這樣一個平淡乏味的人。

幸好李立真到富都車站來接她。她差點認不出來。中年發胖的李立真，突然瘦削下去，走路有點蹣跚，憔悴的樣子，看起來老態畢露。

李立真帶她去乘輕快鐵，她覺得很新奇，但她並沒有機會觀看周圍的新鮮景物。李立真在輕快鐵上，毫不顧忌乘客奇異的眼光，一逕放縱自己的情緒，眼淚潸潸而下，一邊哀哀怨怨地訴苦。方宜敏低下頭，不敢直視身邊的群眾，聲音也壓得細細地，又拍肩又搭背，好言安慰。

在她原來的想像中，抵達吉隆坡後，除了為李立真解除寂寞和悲傷，她還想藉機到幾個比較著名的景點去觀光遊玩。至少看看吉隆坡塔、雙峰塔、雲頂高原、雪邦機場、還有什麼剛剛建好的賽柏再也的政府新行政中心等等，待她回到角頭以後，也好向鄰居們，還有林文政誇一誇口。

沉溺在自己中年喪偶那巨大的悲哀中的李立真，每天淚眼迷濛地向方宜敏傾訴她失去了丈夫的生活是多麼不習慣，多麼孤獨。

「他在的時候，我一直沒有給他好臉色看，常常嫌他不懂得溫柔體貼，木口木臉，現在……」總是沒把話說完，就垂淚，弄得方宜敏也不好意思開口說什麼旅遊觀光或者去喝一杯十令吉路邊咖啡的事。

這樣過了三天，方宜敏終算是來過吉隆坡了。她在角頭車站下巴士，不作美的老天竟然下起雨來，方宜敏皺眉，恐怕要淋雨回家，手上又提著行李。她非常懊惱這一趟既花了錢又沒什麼收獲的旅行。

沒想到竟看到林文政拎著一把傘佇在車站，像等了好久的樣子。她不禁衝口：「咦，你怎麼知道我這個時間到？」

「算一下你上車的時間不就知道了嗎？」林文政不習慣說好聽的話，伸手替她接過行李袋，又把傘拿過去遮她。

似乎許久都沒有那麼親密地一起散步。方宜敏覺得，有一個老實古板的丈夫，雖然生活缺乏情趣，但是，起碼有個人願意在身邊聽她叨叨念念。這種日子還是不錯的。想到這裏，她把身體更靠緊林文政一點：「啊！雨太大了。」

自殺的鳥

妻子的葬禮過去以後，唯一的女兒飛回國外。本來到外國去讀書的女兒，後來嫁給外國人。這裏成為她的家鄉，那邊才是她的家。

屋子很清靜，原來稍嫌窄小的廳變得寬敞起來。他照舊每天六點起床，七點出門上班。和從前不一樣的是，路過寵物店時，腳步緩慢下來。時間太早老闆還沒來開店，卻聽到店裏寵物的吵鬧聲。狗、貓、鳥的聲音最大，一起叫的時候，吵雜喧囂，像在唱一首被作曲家寫壞了的刺耳音樂。

黃昏回來，橫街昏暗，路燈雖然開著，並不太亮，遠遠一支燈柱，應景似的。他佇在寵物店門口，小動物們在籠子裏忙碌地吃喝或懶洋洋地躺著不動。

「來了一隻小鳥。」老闆過來和他打招呼。平時不理不睬的。住在附近，誰也不認識誰，彼此卻有辦法知道別人家裏發生了什麼事，尤其是關於葬禮那樣喧鬧的事情。

「哦。」他抬頭，看見了，鳥籠懸在門口。一隻黑色的鳥，紅色的眼睛瞪視著帶點灰藍的陰暗天空，不吱喳叫，也不看人。

是一隻驕傲的鳥。

「很會唱歌的鳥。」老闆說。

此刻牠不出聲。他覺得這隻鳥很特別，明明很會唱歌，但不出聲。

「前兩天牠一直撲打著籠子，想飛出去。」老闆陪他說話，可能因為店裏正好沒有客人吧。

「認命了吧？」他回答。不曉得為何，他心裏升上一絲憐憫。動物和人一樣，很容易就適應環境。

「要是真的會唱歌，我就買回去。」他說。其實他想養一隻鳥很久了，妻子不喜歡。

「也許。」老闆有點得意，「也許明天牠會開始唱歌。」

第二天他看見的鳥，照樣是充滿傲氣仰望天空，照舊不出一聲。

「也許。」老闆仍然相信，「明天它會開始唱歌。」

每天，走在回家路上，他幻想自己待一會兒可以聽到鳥兒動聽的歌聲。

每天，老闆充滿希望對他說著期許的話：「明天，明天牠會開始唱歌了。」

明天，老闆的期望會實現嗎？

他開始懷疑。

這一日，下了巴士，遠遠的，果然有鳥兒的歌聲在啁啾。

他一驚，心裏反而生出細細的悲傷。最後，最後終究都要向命運低頭。

佇在寵物店門口，他看著鳥籠裏那隻妥協的鳥，嘆息著。

老闆走出來，嘆息著：「昨天那隻會唱歌的鳥，沒有唱過一句，死了。」

他不肯置信地叫起來：「死了？」

「就是。」老闆問他：「本來有人告訴我，這種鳥剩下一隻的時候，就不唱歌了，我還不相信。嘿，你認為鳥會自殺嗎？」

他愣愣，沒出聲。

「早上我來開店，看到牠的頭，撞到流血，過多，死了。」老闆說著鳥兒的死因，自己也不相信的樣子。

「算了。」老闆搖頭，「這隻鳥會唱很好聽的歌，你聽。」

他搖頭。

「不然就買這一隻吧。」老闆向他推薦。

「不，不，不。」他搖頭，不知道自己是慚愧還是害怕，腳步迅速地走開。

幻想電話

「對不起，對不起，你一定等很久了。」

葉芳華在電話裏聽到一個陌生的聲音，卻好像和她非常熟稔的口氣。

「你是誰？」她下意識的反應。

「你不要這樣好不好？」他在那邊說，「我不是忘記，只是實在沒有辦法，她一直在我身邊，我走不開，又不能在她面前打電話給你呀！」

葉芳華的確是在等電話，但沒想到等的電話沒有來，來的卻是一個誤會她在等他的電話的人。

「如果你不告訴我你是誰？我就要掛了。」葉芳華仍然有耐心和他繼續說下去，是因為她揣測著，他的故事，和她的故事，似乎有點相似。

「難道你不是芳華嗎？」他問，略吃驚。

一陣疑惑在葉芳華的心中緩緩地升起來，他到底是誰？居然連她的名字也曉得，那麼說，他並非打錯電話了？

「你是……？」她遲疑著，一邊在心裏捉摸，這一把聲音，並不是他的呀！

「如果你要懲罰我，也等見面的時候呀，我好不容易找到機會打這個電話，你不要這樣子嘛。」他彷彿沒聽到葉芳華的問題，低著聲音苦苦地哀求著。

惆悵和迷惘衝擊她的心，終於走到眼睛去流連徘徊，她一句話也不回答，感覺自己的鼻子塞得厲害，深深地吸了一口氣。

他是一個細心的男人，事實上駱家勇就是這一點感動她的：「你哭了，是不是？你哭了嗎？」

「沒有。」她用手指擦一下鼻子，「我告訴過你，我不會再哭了的。」

她數次和駱家勇提分手，但他就是堅持不要。她當然從來不與他提離婚的事，而他也完全不談這事。

每一次，說著說著，她只能夠掉眼淚。

為什麼別人的愛情都是喜氣洋洋的，而她的卻永遠在快樂裏有一絲愴惻？甜蜜裏有一些痛楚？

「我聽到的。」他的聲音溫柔體貼，「你不要哭，好不好？你一哭，我就心痛了，今晚你一定睡不好，我知道的，你不要這樣，我抱歉，真的，我道歉，都是我，我的錯，我害你……」

「沒有，沒有。」葉芳華一直搖頭，明知道電話那端的人看不見，而她的眼淚就像她的愛情，無法控制汩汩地流淌。

「我明天再給你電話，好不好？」他的聲音益發低了下來，「她回來了，我要掛電話了。」

是的，她回來了。本來她到美國去陪孩子，當葉芳華認識駱家勇的時候，以為他是單身，等到她陷得過深，再也爬不出來時，她卻回來了。

葉芳華感覺自己的卑微和無依，她只能躲在他的背後，做一個沒有影子的人。

「明天，這個時間，記得。」

她聽到嗚嗚嗚的電話斷了線的聲音，空空的，彷彿剛才的聲音都是憑空幻想出來的。

寫她

報紙上連載作家的愛情故事。

「你不應該把你們的秘密公開。」朋友說，「她已經去世，你卻透露你們的過往，對她不公平。」

「法國女作家米歇爾在她的好友過世後說：『為了不要失去她，我要寫她，至少在紙頁上，她是不會消失的。』」作家借別人的話來回答。

「啊！」朋友這才知道，作家如此多情深情。

朋友不知道，揭露自己和女政治人物的婚外情，作家獲得稿酬二十五萬令吉。

「卷三」

鴉片電話

喚醒

她更換了所有化妝品的顏色，買了一整套這一季的新產品，只因為那個美容師為她化了新妝，然後指著鏡裏的女人，問她說：「你看是不是變得年輕了？」

「是的。」她對鏡子裏看起來有點陌生的女人點頭。

自從丈夫去世以後，她就沒有再換過化妝品。

辦公室新的年輕男生，有事無事總到她桌邊來，問她有關文件處理的事，或者是教她電腦網絡的新知識。

昨天，他拿了一朵玫瑰花給她：「祝你快樂。」

「今天不是什麼紀念日呀！」她驚喜，那麼多年都沒有收到男人送的花了。

「不必等紀念日才快樂吧？」男生雖然年輕，說的話倒很有意思。

她離開化妝品櫃檯，要轉去女裝部挑選衣服時，年輕的男生摟著一個漂亮的青春女生朝她走來，兩個神采飛揚的年輕人笑容像陽光般燦爛。

她張嘴，沒有等著和他打招呼，就轉了一個方向。

臉上依然帶著微笑，有點苦澀。

無論如何，她依然感謝這個年輕的男生，是他喚醒了她沉睡數年的心。

遲來

團員紛紛懊惱地埋怨：「早一點就好了。」

深淺濃淡的紅密密麻麻鋪了一地。

「好醜。」他心想，一腳踩上去，毫不憐惜。

樹上的櫻花零零散散，風一吹，又再一點一點地飄落。

他遠遠地看她，隔著許多花落了以後的禿枝，她和另一個他微笑地觀賞樹上剩下的數串櫻花。

初識，還在念書，愛慕和熱切像朵花蕾，未綻放，已經畢業。

再重逢，竟是多年後的今天。

風吹，花落，一切都無法掌握。

「咦，你看，落在地上的花，也有它的漂亮呢！」太太什麼也不知道地喚他。

翠鳥

他抬頭，看見屋子外邊那株芒果樹上站著一隻翠鳥。

翠鳥來時，總是單獨一隻，不出聲，靜靜地佇在樹幹上，仰頭沉思。

不知道為什麼，牠總給他一種仰頭卻在沉思的感覺。

是婆婆告訴他，翠鳥愛孤獨，很少見到一次來兩隻的。

「為什麼呢？」他不明白。

婆婆想也不想：「宿命吧。」

「我不喜歡翠鳥。」他說。雖然牠身上的顏色很濃郁，紅的喙、紅的腳、藍的羽毛，紅的身體，綠色的頭部，非常強烈衝突的顏色，耀眼奪目。

「那你怎麼時常抬頭看牠呢？」婆婆問。

「我在看那粒芒果。」他推著輪椅，朝屋外去：「什麼時候芒果熟了，婆婆你采給我吃。」

翠鳥聽到人聲，看一下坐在輪椅上的他，揮揮翅膀，飛走了。
「我不喜歡翠鳥。」他重複。黯黯的眼神裏，埋藏很多羨慕。

答案

一排不同形狀的小小玻璃瓶，擺在櫃子上，她按照秩序，一個一個看過去。

起初她以為是不同的顏色的玻璃，仔細一瞧，才發現那迥異的顏色，是因為瓶裏藏著不同顏色的玫瑰映照出來的結果。

一朵一朵顏色各異的玫瑰，在玻璃瓶裏含苞待放。

「不可能吧？真奇怪。」她情不自禁衝口而出。

「就是。」有人回答，「這花到底是怎麼放進玻璃瓶裏頭去的？」是個年輕男人，瘦，高，單眼皮，薄唇，但有很明亮笑容。

「你知道？」她看著他問。

「不。」他笑。

她失望，恨他多嘴。

「生命中有許多事，都是沒有答案的。」他說，「你應該知道。」

其實她更想知道的是，被封進玻璃瓶裏那朵朵含苞待放的玫瑰，會不會有一天在瓶子裏邊開花呢？

患癌

朋友十分好意，非常神秘：「聽說你患癌？」

「誰？」不是聽誰說，而是：「誰患癌？」

朋友沒正面回答，而是間接地：「最近還好吧？」

意思就是肯定你肯定是患癌了。

他以為你只是不肯／不願意承認罷了，事實上你是患癌了。

後來，每回來電話，或者在什麼集會上碰見，就充滿善意地，無限關懷地低聲問道：「最近身體還可以吧？」

用憐憫的眼光看著你。

不明白為何他非要你患癌？

用憐憫的眼光看著他，他這也算是一種癌吧？

沒醉

「昨天晚上你喝醉了。」她說，嘗試替他和自己找臺階。

「誰說的？我才沒有醉呢。」向來不認輸的他當然否認。

「沒有？」她還是不肯相信。

「當然沒有。」他堅持。

後來他一直追問：「為何變得那麼冷淡？」

從前在纏綿繾綣時的激情似乎已經成為絕響。

她沒有反應。說自己沒醉的那夜，床上，他喚的是另一個女人的名字。

酸咖啡

追求完美的她起初並不愛喝咖啡，因為她聽說那是一種喝著，喝著就會上癮的飲料。她時常提醒自己，所以她很清醒地不讓自己陷入嗜咖啡的族群裏。

但是他喜歡，他喜歡任何有咖啡味道的食物。

剛認識的時候，她不曉得。後來在一起久了，發現無論蛋糕、麵包、巧克力、熱、冷的食物和飲料，凡可以加入咖啡的，他都喜歡。

和他談話，只要提到咖啡，他的眼睛就會發亮起來，是那種整個人年輕了幾歲的光采亮麗神態。

後來她聽說，他曾經有一個女朋友，迷戀咖啡。

他向她解釋，絕對不是因為如此。

是嗎？她叫自己不要不相信他。

是的。他堅持。

但她迅速地將沉迷在咖啡裏的自己拉拔出來。
因為喝多了咖啡，她發現，不論多麼香醇的咖啡，其實都有點酸。

占有欲

她手上戴有一個男款手錶。
「是他丈夫的。」
「就是那個建築業大亨。」
「是的，他已經去世三四年，她還一直戴著。」
「她很愛他吧？」
「也許。不過，聽說這手錶是另外一個女人送他的。」
「啊！婚外情！」
她回答記者的問題時說：「是的，是我去世的先生的。是的，我愛他。」
她低頭看手上的錶，臉色陰冷，聲音堅決：「無論生前死後，他所有的時間，都是屬於我的。」
記者一看，手錶上的長針和短針，都已經停止跳動。

後遺症

他單獨走出來，她迎上前，接過他的大衣：「回來了？」

「是。」一臉嚴肅。

自從聽說她不孕，他就再無笑容。

有小孩跑來，拉他的手，「爸爸！」

一女人急急上前：「家寶，不要亂叫。」

「對不起，他認錯人。」女人拉小孩走遠了。

「那孩子真可愛。」她說，「長得很像你。」

「別胡說。」他皺眉。

讀醫生報告，他沒皺眉。

只是後來常遲歸、出國。

謠言傳來，她不追問，因為他也從來不曾追問她為何不育。

當然她不會傻到告訴他那是後遺症。
醫生說：「以前幾次墮胎手術做得不好。」

夢見狗

那是一隻令人看著就討厭的狗。

全身長疥瘡，又臭又髒，而且總耍賴似地，想要依偎在她腳步。她伸腳，出力一踢，狗被她踢得遠遠的，汪汪大叫，她開心地大笑，夢就醒了。

醒來，起床，大清早的首件要事，就是餵女主人的狗。

雪白的毛髮、機靈的眼睛、尖尖的鼻子像隻狐狸的小狗，是女主人心愛的寵物。每天抱在懷裏，所以她得時常以洗浴精為牠洗澡、梳毛髮、噴香水。

看著女主人抱牠出門，一起乘車去購物、吃飯、喝茶、和朋友聊天。

那是一隻令人喜愛的小狐狸狗。

當女主人抱牠回來後，她得為牠抹乾淨嘴臉、身體、腳，餵牠有營養的食物、牛奶，還有清理牠的大便。

這隻美麗的狗，每天晚上都出現在她的夢裏。

鴉片電話

電話響起來的時候，她馬上伸出手，但沒有去接，刻意讓它多響幾下，才緊張地拎起話筒。

不願意讓對方知道，鈴聲帶給她的狂喜和她對鈴聲的期待是多麼焦迫，一絲顫抖總在聽到他的聲音時劃過心頭。

終於到了關電話的時候，失神度過空白的下午和漫長的夜晚，悠長的等待重新開始。

電話關下去，升湧上來的是無盡的惆悵和無限的迷茫。期盼了一個白天再一個夜晚，終於盼到一通電話，而幾分鐘的聲音，像曇花在無人的半夜盛放過後馬上隱沒，香氣存留在隱隱約約的模糊裏，恁她再如何小心珍惜，全是無用的努力。

除了電話，他們之間沒有任何其他聯繫，聲音是多麼的不可靠，響在耳邊時，感覺有人在身旁，電話一切斷，彷彿所有的聯繫都被割捨了。沉寂的心是荒涼的原野，長滿淒傷的茅草，緊緊攥住她，糾纏到深夜，進入夢中，有一個人影在打電話。

他的電話，讓日子充滿美麗璀燦的希望。偶爾接不到電話，她心神恍惚，患得患失，彷彿牆角那朵漸臨萎凋的花，孤單飄零無人理會。一切的憂傷因為鈴聲響起而那頭卻不是他的聲音。

有很多話，都沒有說出來，已經失去承諾和盟約的資格，那全是不敢觸及的敏感字眼。當她在黯暗的夜裏，料峭的風中，細細分析自己埋藏在言語背後的心情，愴惻的眼淚，像空中閃耀的星光，瑩瑩發亮。

不管如何放緩腳步，歲月匆匆行過，時光的奔流，逐漸加深她思念的深度。思念是一條找不到邊岸停靠的小船，是一種溫柔的心情和不能冷卻的記憶。

無意中看到一篇關於抽鴉片的文章，原來上癮的鴉片人是如此可憐。她緩緩把文章讀完，輕輕落下眼淚。

這是一個沒有結局的故事，她全然明白。如果不冷靜地逃離躲避放棄，將會形成甜蜜但異常痛苦的淪陷。

然而生命裏彷彿只剩下一個單純而永不止息的渴望。

她在無意中變成一個癮君子。

而他全然不知。

他，他怎麼知道自己的電話居然變成鴉片呢？

愛鄉的人

他們說這種脆脆的，鹹鹹的餅，來自你的故鄉。

味道並不特別的餅，只因為鑲上你故鄉的名字，咀嚼起來感覺不同。

你對自己的故鄉有很深的感情，喜歡在言談中常常提起，說的時候你是眼神表情都不一樣，是一種一往情深的向往。

吃著餅的時候，想起你，和你對故鄉的愛。

為什麼會有這樣的情懷呢？

也許因為多年前聽過一個作家說：「一個愛自己故鄉的人，是值得交往的朋友。」

白首偕老

父親對女兒說：「哼！只有我才能夠忍受你媽媽。」

母親對兒子說：「哼！你爸爸的脾氣，我不容忍，早離婚了。」

五十年金婚晚宴上，父親母親笑意盎盎和賓客們握手言歡。

「真令人羨慕唷！」

「五十年了還如此恩愛！」

「要向你們學習呀！」

欽羨的言詞似美酒，一口一口灌下，大家都醉了。

散席後回家，上床。無笑容無言語，父親母親背對背，各倚一邊躺下。

明天又是同一天。

窗外有光

是呼呼的風聲把她吵醒，坐起來，房裏一片黑暗，只窗口邊有一點光。「真是風聲嗎？」她懷疑。而且她已經忘記，臨睡前，是否曾把窗關上了呢？

每次她疏忽了，男人也會幫她關上的。他一直是那樣照顧她，疼愛她。

因為窗口的一點光，反而令她感覺害怕。那是什麼光呢？是不是壞人半夜作案時，拎著手電筒發出來的一絲光線呢？

她再也睡不下，睜大眼睛，側著耳朵，靜靜地聽。

窗外似乎有人影在晃動。

「不！」她喊起來，想轉身去搖醒身邊的男人。

這時，她才驀地想起，男人已經搬出去兩天了。

於是，她就哭起來，不管窗外是否有人，是否有光，她像個耍賴的孩子，大聲地哭泣。

尋找阿芬

「如果你再不來信，我的淚會流成一條河。」

他看到這封電郵。但他認為這不是寫給他的，因為署的名字他不熟悉。阿芬。

他沒有名字叫阿芬的朋友。

「我等待太陽，太陽出來了，我等待花開，花兒開了，我等你的信，你會來信嗎？」

他沒有回第一封信，對一個不認識的人，淚流成最長最闊的黃河他也沒感覺，但阿芬來了第二封信。

「你不會再來信了，你厭倦我了，你從此不來了，是嗎？是嗎？是嗎？」像哀怨的情人在喃喃自艾。他也許不該每次一看見就銷毀掉。他也許應該回信告訴阿芬，她寄錯了。

「愛情是美麗的，等待是美麗的，生命中有過愛情，好過沒有，有過等待，好過沒有。生命中所有的足跡，都值得回憶。」

阿芬究竟是誰？他開始好奇。

「阿芬小姐，你寄錯郵址了。」他忍不住阿芬那癡癡的纏綿情意。

「你終於回信了。」阿芬的得意彷彿在眼前，「不過才四封信，你就回信，可見得你是個心腸很軟的人，好人。」他還來不及微笑，阿芬又說：「你是最快回信的人，獲得第一名。」

「這只是一個試驗，人性的試探。」阿芬的信結束在這裏。從此再沒有阿芬的信。

他一再給阿芬的郵址去信，卻被退回來：「無此郵址。」

縱然已經知道這份感情是虛擬的，但他每次打開電腦，還是會懷念哀怨的阿芬。

現代社會，還有多少女人像阿芬一樣多情纏綿？

遺失珍珠

她不見了一邊耳環。那是一顆珍珠。

收到一對珍珠的時候，她原想拿去做戒指。

兩顆一模一樣大小，一模一樣光澤，做兩個一模一樣的戒指。

「一人一個，多好。」她雀躍。

他給她諸多理由：「珍珠戒指不適合男人太麻煩不能沾到油不能沾到汗不能碰到香水不能……」

她靜靜聽，不說穿。

她把珍珠交給首飾店的人：「做一對耳環。」

曾經多次要求：買一對情侶錶，「一對一模一樣的戒指，一對……」

他不說好也不反對，只是告訴她：「所有形式上的，都比不上我的一顆心。」

他追求的是如此形而上的愛情？

相比之下，她彷彿是低俗的。
她只能靜靜地聽。
發現遺失了一顆珍珠，她竟沒有悲傷，也不去尋找，反而自我安慰：「沒關係，現在流行只戴一邊耳環。」

矮矮向日葵

牆上掛一幅畫，是鮮黃的向日葵。

他問：「梵谷？」

很多人一看，總是誤會。梵谷的向日葵過於出名，人們的思路不免要往他那邊伸延過去。

「不。」她說，「是高更。」

「哦，梵谷因為和他吵架而切掉自己的耳朵的好朋友。」他也知道。

「是。生意做得好好的，突然轉去畫畫。」她說，有點羨慕的樣子。「後來還離開繁華的巴黎，到大希地的小島去過簡單的日子。」

他接下去：「對，沒水沒電的地方，還有不識字的土女。」

「那些嘴唇厚厚，頭髮捲捲，思想簡單，沒有要求的土女後來就出現在高更的圖畫裏。」

其實他真希望她是什麼也不懂的土女。

她收入比他豐，職位比他高，懂得比他多。

他在她面前，矮了半截，甚至想告訴她他對她的傾慕，開不了口，只好對著向日葵講話。

害怕的自由

葬禮終於過去了。

「剩下她一個人……」

「不必擔心。平時她常埋怨，久病的丈夫的拖累，害她失去許多生活樂趣，你看到嗎？她都沒哭呢！這下子，她可高興了。」

親戚朋友一一告辭，房子即時空闊起來。

女兒阿秀說：「媽，我也要回去了。」

「阿秀，你能不能帶我一起過去你那邊住？」

「咦，媽媽，你不是常常說一個人住比較自由嗎？」女兒驚訝地問。

她終於哭出聲來：「不，不，我好怕，怕一個人，怕死了也沒人知道。」

抉擇的桌子

嗅一杯咖啡，靜靜地坐著。

門外吵雜囂鬧，購物中心裏擁擠的人群並不一定是來購物，正如走進咖啡館的人並非是為了喝咖啡。

五年前的那個下午，就在這裏，她也嗅一杯咖啡，靜靜地坐著。留下來或者出走？她心裏的猶豫在漸漸放大。

後來，咖啡未喝光，她做了一個決定。

抉擇的桌子，給她美麗的回憶，所以她回來，嗅一杯咖啡，靜靜地坐著。

青山依舊在

青郁蔥翠的山上，首次相遇，言談甚歡，相逢恨晚。
兩個人相約：「明年一起再到山上來過農曆新年。」
半年後，其中一人車禍逝世。
約會的日子近了，另一個因病去世。
再見的時間終於來臨，兩個人皆無法前去赴約。
山，青綠地矗立。

想念的味道

他循著她的視線問：「要不要再加一個菜？」

她陷在自己的回憶裏，喃喃：「有滷蛋的雞飯最好吃。」

「嗨，來兩個滷蛋。」他喚飯檔的販者。

午餐吃完了，他詫異：「咦，你不是說想吃滷蛋嗎？」

桌上是一盤沒有動過的滷蛋。

「啊！」她搖頭，又點頭。

話題沒有繼續下去。

她想念的人，是另一個男人，曾經給她一盒有滷蛋的雞飯的味道。

銀鈴般的笑聲

她不喜歡新搬來的鄰居。

如果要說得清楚一點，她是不喜歡新搬來的鄰居太太。

當她第一眼看見她，雖然她在笑，但她馬上就有討厭她的感覺。

這是一種直覺，她無法解釋。縱然鄰居太太長得非常漂亮，也許就是太漂亮，不過，最主要的還是她的笑容太輕佻。

她是從先生的一句話裏，感覺到鄰居太太的笑容很難看。

才首次見面，先生說：「鄰居太太的笑聲真像銀鈴。」

念書的時候，她在一篇文章裏讀到「銀鈴般的笑聲」以後，她就非常努力地為自己製造像銀鈴般的笑聲。

但是，初識到婚後，先生沒有稱讚過她的笑聲像銀鈴般悅耳。

附錄

朵拉的唱片日子

唐林

〈唱片日子〉是馬來西亞作家朵拉眾多微型小說中的一篇，我認為這篇小說名符其實是方北方先生說的「短篇小說的精品」，是朵拉眾多微型小說裏的一篇成功的藝術結晶，這篇小說共分四則：一、唱片；二、時間表；三、日子；四、遺書。像朵拉所有小說創作一樣，同樣取材平凡，但簡單而深刻博大，敘述的是生命，彈唱的是人生；既像佛家說的輪回不息，也似現代科學求索的物質循環，這篇小說裏沒有所謂大時代氣息的沉重，當然更沒有所謂當代英雄的不平凡自我膨脹，然而，她所描寫的是道道地地的生命成長過程，尤其是眾生的實際串演場景。

當代中國作家張承志曾經這樣為成功的小說下定義：「敘述語言連同整篇小說的

發展，結構，應該是一個美的敘述。小說應當是一首音樂，小說應當是一幅畫，而全部感受、目的、結構、音樂和圖畫，全部詩都要倚仗語言的敘述，來表達和表現，所以，首先小說應當是一首真正的美文。」張承志對小說創作的要求適合衡量〈唱片日子〉嗎？且看〈唱片日子〉的表現。

很平凡的開頭，卻有詩一般的簡練；說明唱片後便轉入正題：
每一次唱針一放上去，它轉動出來的聲音都是同一首歌，同樣的一首。
不會更快，不會更慢從不更改速度，只是照著那紋線一條條的旋繞，回轉。
從不更改，只要唱針擱上去，轉動出來的歌，總是同樣的那一首。
那首歌，重複了又重複，還是那一首歌。
那張唱片的那一首歌，不斷地不斷地重複。……

這就是唱片，這就是生命，更是一種沒有創意的人生，循著那一圈圈固定的紋線，沒有自我的走過去；或許所謂自我也只是跟尾巴的重複別人的聲音。因此，這一張唱片的第二則是時間表，長長的一串。

從「6:00 AM起床」到「11:00 PM睡覺」，生命存在的意義近似「盲人的天堂」裏那一套機器上的螺絲釘，沿著線圈轉旋過去，變成第三則〈日子〉：

日子是麻木不仁
日子是複印機
日子是前一天和後一天的交疊
日子是一成不變……

這已經不是一種生活的無奈，而是一種近似生命絕望的呼喊，對現實的反抗，對生命的堅持，即使最後終於：

變成一張
一張唱片
唱片

卻依然不屈服，依然有一股「蠟炬成灰淚始乾」的勁，所以，朵拉並不在這裏戛然而止，而是再有一則〈遺書〉，只有鏗鏘的一行：

我不要再做一張唱片。

早在二千四百年前，希臘的赫克賴脫便認為世界是不斷的消失，變遷，比他遲生一百年的柏拉圖也說：「你涉足相同的河流中，不斷流過的卻是不同的水流，你永遠不可能重複涉足於相同的水流中」，拿來形容藝術創作是很貼切的。文學是藝術創作，千變萬化，除非是抄襲剽竊，絕對沒有重複和相同的。朵拉的眾多微型小說，不管是〈唱片日子〉或是其他篇章，如〈手提電話情意結〉、〈外遇〉、〈對話〉、〈愛情〉及〈檢討〉，雖然都是刻劃人類的自私心態，卻每一篇有每一篇的新意，再如〈半空中的手〉、〈損失〉及〈通膨〉等也一樣，並不重複。

文學創作必需敢於創新，朵拉的〈唱片日子〉正是另一個創新，這個創新就是突破傳統，而又依賴傳統，〈唱片日子〉的主角就是我，就在（一）、（二）寫（三）則中「我」都隱在背後，直到（四）〈遺書〉，「我」才現身，朵拉成功的是在（一）到（三）的敘述都不會鬆散離題，而且很多方面反而有詩的凝練，這種將「我」隱在背後的寫法，在中國傳統的詩歌上最常應用，可以說俯執皆是，文學創作的意義主要是通過文學來表達美，形式並不重要，不論詩歌，散文或小說，能夠達到美的境界就是成功。

事實上敢於創新的作品都是勇於超越流俗的結構。在詩歌，散文及小說都一樣，例如中國南朝陳後主的名句：「日光絲光動，水中花色沉」，唐代杜甫的「感時花濺淚，恨別鳥驚心」，劉禹錫的「晴空一鶴排雲上，便引詩情到碧霄」，李商隱的「春蠶到死絲方盡，蠟炬成灰淚始乾」，杜牧的「霓裳一曲千峰上，舞破中原始下來」，宋代辛棄疾的「疊幸西馳，萬馬回旋，眾山欲東」……真是舉之不盡。近代俄羅斯佚名詩人，也有這樣別出心裁的詩：「黑色，黑色，最美麗的顏色／當你失去一切，只有黑色／黑色是／最美麗的顏色」這些都是在傳統上構築新意境，朵拉的〈唱片日子〉就是在眾多平凡中突破平凡的一個例子。

一個人的烏托邦
——朵拉小小說印象

楊曉敏

算起來，最早與朵拉「打交道」，應該是上世紀九〇年代初，我在《小小說選刊》選發她的作品，其時只知道她是馬來西亞的華文作家，名字很別致，像是兩個音符，富於樂感，散發著蓬勃的生命活力。後來逐漸獲悉她另外一些情況：原名林月絲，祖籍福建惠安，曾擔任馬來西亞棕櫚出版社社長，出版過《行人道上的鏡子》、《桃花》、《半空中的手》、《魅力香水》、《脫色愛情》、《掌上情愛》等小小說集，以及中短篇小說、散文集多部，是馬來西亞乃至東南亞非常優秀的華文作家之一。去年五月，朵拉攜先生小黑到鄭州參加第二屆金麻雀小小說節，這才有了我們第一次從書頁到現實的會面。在我印象中，朵拉性格兼具熱情爽朗與柔和恬淡，文字清新溫潤又不失意味深沉，彌漫著熱帶島國特有的椰風蕉雨和明麗陽光的氣息。

與眾多女性寫作者一樣，朵拉的創作初衷源於訴說的欲望。她說：「苦無說話對象，於是開始寫文章。」就是這種說話的需要，敦促她拿起筆來，將身邊的人事與感悟融入文字，所以，朵拉早期的小小說創作保持著一種傾訴的姿態，而其多年的散文寫作經歷，讓她的小小說吸收了某些散文創作的長處，情感細膩真摯，文筆娟秀如行雲流水，且頗多生活哲意，甫一出現，便受到了廣大青少年讀者的喜歡。

「藝術創作者終其一生，始終不停地在書寫的，是心底裏的追求和缺憾。」朵拉對文學創作有著自己非常獨到的見解。如果說「心底裏的追求」是對生活「我要得到什麼」的傾訴，那麼「心底裏的缺撼」，則是她在聆聽生活、閱人歷事之後產生的「我還缺少什麼」的一種精神自省。這種從傾訴到聆聽的角色轉換，讓朵拉的創作由主觀延伸到客觀，由自我的情感觸發轉而關注其他女性的心靈世界，她的小小說創作也隨之步入成熟。《魅力香水》、《脫色愛情》和《掌上情愛》三個集子，就是這一創作觀念的最好詮釋。光看書名就不難發現，朵拉的小小說對情感題材尤其是表現女性的情愛、婚姻狀態有著執著的偏好，她筆下的女性形象繁多，或堅強或懦弱，或質樸或虛榮，或純情或多疑，或雅致或平庸，林林總總，構建著一個屬於她女性形象的「大觀園」。〈嗅覺〉裏的胡太太就是其中的一員，她對生活保持著一種特別的敏感，對別人的家庭婚姻狀態有著天生的先知先覺，往往能未卜先知，然而，當某些事情悄悄地在她的身邊醞釀，她的「嗅覺」卻意外地遲鈍起來。在這裏，作者故意製造出一種不和諧的、打破讀者閱讀平衡的藝術氛圍，委婉地表現了部分女性過分依賴於自我的情感世界，事不關己時可以從容應對，而一旦身陷其中，就會對殘酷現實變得麻木無知的現實。文章有著對胡太太善意的嘲諷，但更多的則是對女性生活無奈的同情。在朵拉的小小說中，這樣的作品比比皆是，面對各色女子，淺吟低唱的字裏行間，時時凝結著作者絲絲的悲劇情愫和淡淡的批判意識，這份清醒，已經沒有了與人傾訴時的激動失聲，卻是安靜聆聽後的無奈嘆息。

除了寫作，朵拉還有諸多才藝，畫畫、書法、園藝、茶道，等等，無所不通。尤擅作畫，上世紀八〇年代即投入水墨畫創作，曾在多國聯展。一個隨緣的女子，一手寫作，一手繪畫，生活應該是左右逢源，但在現實中，朵拉自認為與庸常的人際交往有些格格不入，「見人和辦事碰壁後，試圖找一種主義來研究，認為這是一種自我成長的方式，最後選擇了女權主義。」所以，對女性命運的抗爭和自由權利的追求，是她作品的一大特色。小小說評論家劉海濤說：「朵拉的藝術個性中最惹人眼目的是她始終如一、頑強執著地表現一種現代女性的自我獨立意識，真心實意地維護女性獨立的人格尊嚴和生活陣營。」我也贊同這種評說，不過，閱讀朵拉眾多女性題材的作品，感覺她並不是一個純粹的女權主義者，她沒有西方女權主義那樣強烈的女性獨尊傾向和女權膨脹意識，她筆下的女子，一方面有抗爭，一方面又有自審，作家只是以自己的女性身分來辯證地探討女性心理以及她們的生存狀態。在她的小小說中，在兩篇作品：〈自由的紅鞋〉和〈不合腳的鞋〉。同樣以鞋為題，同樣寫的是紅塵男女之間的分分合合，不同的是，〈自由的紅鞋〉寫的是一個女性的故事，紅色是一種誘惑，象徵著女性所有的個性展示和自我解放，因為紅鞋子的出現，婚姻失敗，但在作品結局，朵拉這樣描述這位喜歡紅鞋的女子：「我聳聳肩，我想穿我喜歡的鞋子，不管那是什麼顏色，不論它多麼吃腳，那是我個人的事。」其不願依附於男人而追求獨立追求個性自由的意識呼之欲出。而〈不合腳的鞋〉寫的是一個男人的故事，戀愛中的男人陳立友為了遷就女友，買了一雙自己不喜歡的鞋子，最後還發現並不合腳，決定「不要再委屈自己」，將鞋丟掉。也許，前一篇作品還可以看作是朵拉推崇女權的一個註腳，那後一篇作品，則是對這種矯枉過正的女性立場的一種反詰。其實也不難理解，朵拉是一個從傳統文化中走出來的東方女性，如果單單以西方文化的女權主義來進行觀照，顯然還遠遠不夠。

再回到朵拉對文學創作的闡述，她說：「開始寫作是為了尋求聽眾……覺醒以後，文學創作是為了尋找自己的房間。」或許，這才是我們所能理解的最真實的朵拉。無論是傾聽還是聆聽，無論是女權的自由權利還是追求性別的真正平等，又或者是她的繪畫裏表現出來的對大自然由衷的熱愛，到最後，都是她自己得以避世的一間房子，就像是她一個人的烏托邦，因為真誠，也就能夠清晰地呈現在我們面前。

作者簡介

楊曉敏，河南省作協副主席、《小小說選刊》、《百花園》、《小小說出版》主編，著有詩集《雪韻》、小說集《清水塘祭》、評論集《小小說是平民藝術》等，與出版社合作、主編《中國當代小小說精品庫》、《中國年度最佳小小說》等精華本、叢書六十餘種（套）。

要愛情01 PG0906

愛一個人，可以不必讓他知道

作　　者	朵　拉
責任編輯	林泰宏
圖文排版	彭君如
封面設計	秦禎翊

出版策劃	要有光
製作發行	秀威資訊科技股份有限公司 114 台北市內湖區瑞光路76巷65號1樓 電話：+886-2-2796-3638　傳真：+886-2-2796-1377 服務信箱：service@showwe.com.tw http://www.showwe.com.tw
郵政劃撥	19563868　戶名：秀威資訊科技股份有限公司
展售門市	國家書店【松江門市】 104 台北市中山區松江路209號1樓 電話：+886-2-2518-0207　傳真：+886-2-2518-0778
網路訂購	秀威網路書店：http://www.bodbooks.com.tw 國家網路書店：http://www.govbooks.com.tw
法律顧問	毛國樑　律師
總 經 銷	易可數位行銷股份有限公司 地址：231新北市新店區寶橋路235巷6弄3號5樓 電話：+886-2-8911-0825　傳真：+886-2-8911-0801 e-mail：book-info@ecorebooks.com 易可部落格：http://ecorebooks.pixnet.net/blog

出版日期	2013年9月　BOD一版
定　　價	200元

Printed in Taiwan

國家圖書館出版品預行編目

愛一個人，可以不必讓他知道 / 朵拉著. -- 一版. -- 臺北市 : 要有光, 2013.09

面； 公分. -- (要愛情 ; PG0906)

BOD版

ISBN 978-986-89128-3-0 (平裝)

857.7 102002149

讀者回函卡

感謝您購買本書，為提升服務品質，請填妥以下資料，將讀者回函卡直接寄回或傳真本公司，收到您的寶貴意見後，我們會收藏記錄及檢討，謝謝！

如您需要了解本公司最新出版書目、購書優惠或企劃活動，歡迎您上網查詢或下載相關資料：http:// www.showwe.com.tw

您購買的書名：________________________________

出生日期：________年________月________日

學歷：□高中（含）以下　□大專　□研究所（含）以上

職業：□製造業　□金融業　□資訊業　□軍警　□傳播業　□自由業

□服務業　□公務員　□教職　□學生　□家管　□其它_____

購書地點：□網路書店　□實體書店　□書展　□郵購　□贈閱　□其他

您從何得知本書的消息？

□網路書店　□實體書店　□網路搜尋　□電子報　□書訊　□雜誌

□傳播媒體　□親友推薦　□網站推薦　□部落格　□其他__________

您對本書的評價：（請填代號　1.非常滿意　2.滿意　3.尚可　4.再改進）

封面設計____　版面編排____　內容____　文／譯筆____　價格____

讀完書後您覺得：

□很有收穫　□有收穫　□收穫不多　□沒收穫

對我們的建議：________________________________

____

____

____

請貼
郵票

11466
台北市內湖區瑞光路 76 巷 65 號 1 樓
秀威資訊科技股份有限公司 收
BOD 數位出版事業部

（請沿線對折寄回，謝謝！）

姓　　名：＿＿＿＿＿＿＿＿＿＿　年齡：＿＿＿＿　性別：□女　□男

郵遞區號：□□□□□

地　　址：＿＿＿＿＿＿＿＿＿＿＿＿＿＿＿＿＿＿＿＿＿＿＿＿

聯絡電話：(日)＿＿＿＿＿＿＿＿＿＿(夜)＿＿＿＿＿＿＿＿＿＿

E-mail：＿＿＿＿＿＿＿＿＿＿＿＿＿＿＿＿＿＿＿＿＿＿＿＿